春琴抄

经典之作 名家译本

〔日〕谷崎润一郎——著
吴树文——译

人民文学出版社
PEOPLE'S LITERATURE PUBLISHING HOUSE

图书在版编目(CIP)数据

春琴抄/(日)谷崎润一郎著;吴树文译.—北京:人民文学出版社,2017
(日本中篇经典)
ISBN 978-7-02-012324-7

Ⅰ.①春… Ⅱ.①谷… ②吴… Ⅲ.①中篇小说-小说集-日本-现代 Ⅳ.①I313.45

中国版本图书馆 CIP 数据核字(2017)第 022205 号

责任编辑 **朱卫净 王皎娇**
装帧设计 **汪佳诗**

出版发行 **人民文学出版社**
社 址 **北京市朝内大街 166 号**
邮政编码 **100705**
网 址 **http://www.rw-cn.com**

印 刷 **山东临沂新华印刷物流集团**
经 销 **全国新华书店等**

字 数 **64 千字**
开 本 **850×1168 毫米 1/32**
印 张 **4.25**
版 次 **2017 年 4 月北京第 1 版**
印 次 **2017 年 4 月第 1 次印刷**

书 号 **978-7-02-012324-7**
定 价 **32.00 元**

目录

思母情

过御泉，
鸟儿鸣；
许是旧相识，
邀我访知音？

——《万叶集》

……天空阴沉沉的，月亮正处于浓云的深处，然而亮光还是从什么地方漏出来了吧，室外沐浴在银色光亮中。这银光相当明亮，它把路旁的小石子儿都照得一清二楚；但不知怎么搞的，眼前的景象却朦朦胧胧地看不真切；定睛凝视远处，眼珠便产生刺痒的感觉——真是一种奇妙而充斥着梦幻气氛的光亮。这光亮不禁惹人想及离人间无比遥远、无比遥远的国土。随着心境的变化，我有时觉得这是一个无月之夜，有时又觉得这是一个有月之夜。

在一片银白色的世界中，有一条白色的街路特别醒目，它朝着我前进的方向，笔直地向前伸展。街路两侧排列着高大的松树，望不到尽头；风不时地从左面一阵阵吹来，使松树发出了沙沙的响声。这风里含有异常的水分，是充满了浓郁的潮水气味儿的海风。我心想：这儿离海一定很近。我是一个只有七八岁的小孩子，加上自幼就胆小得厉害，所以深更半夜独自一人行走在这种凄清的乡间小路上，心里很不踏实。为什么奶奶不一起来呢？奶奶不是因为我太恶作剧而气得走掉了吗？——我这么想着，同时一个劲儿地沿着这条街路走去，心里不像往常那么恐惧了。与走夜路的恐惧心情相比，倒不如说是那种令人难以排遣的悲哀全盘占据了我幼小的心胸。

我家——那位于繁华的日本桥中心区的家——不得不迁到这种偏僻的穷山村来，这家道急骤败落的悲惨命运……使我这个小孩子的心灵里都感到无限悲哀。我觉得我是一个爱顾影自怜的孩子。以往，我身穿黄八丈①衣料缝制的棉衣，罩以光滑柔软的绸外褂，一旦外出，就在细白棉布的袜套上配一双草面低齿木屐。哦，这是多么凄然的变化呀！现

① 一种黄底带褐色格纹的衣料，系伊豆八丈岛的特产。

在我一副寒碜相，衣衫褴褛，肮脏不堪，简直羞于在人们面前露脸，活像《私塾》① 那出戏里的直淌口水的孩子。我的手上和脚上皲裂得很厉害，粗糙如浮石。其实奶妈的出离也是大势所趋，因为我家已经没有钱再雇用奶妈了，连我也不得不每天做父母的帮手，与他们同样地去干活——打水、生火、擦抹房间和走廊、替父母去远处跑腿……什么杂活都得干。

如今，自己大概不可能再到那优美如画的人形街的夜景中去蹓跶了；也不可能去逛水天宫的庙会、去拜一拜茅场街的药师菩萨了吧。还有，不知米屋街的美代姑娘近况如何了；铠桥的船老大的儿子铁公近来又怎么样了呢？鱼糕铺的新公、木屐铺的幸次郎等人现在仍旧每天结伙到柿内家的香烟店的二楼去演戏玩吗？自己恐怕不能再同这些小朋友相见了吧……想到这一切，心里感到又可悲又可恨。然而，充斥在我心胸里的悲痛好像又不光是由于那么一些原因引起的。我感到有一种难以名状的极大悲痛把我压抑得透不过气

① 一出传统说唱戏里的一段，描写众孩子中的一个淌口水的孩子，寓悲伤于笑声中。

来，仿佛这街旁成行的松树沐浴在月色中而无端构成的可悲气氛。我为什么会如此悲伤？而我既然感到这样可悲，又为什么不哭泣呢？我不是那种动辄就落泪的人，我一滴眼泪也没掉出来。打个比喻，这就像听到三味线[①]奏出了凄凉的哀音，只觉得悲伤犹如澄澈无比的清水——也不知是从哪儿流来的——往自己心田中直涌。

在长长的松树丛生的海岸右侧，本以为是一大片土地，但是走着走着，忽然发现那不是土地——也不知是什么时候变的，眼前成了一大片漆黑的平面，像海面似的向远处展开。许多青白色的东西在平面上四处浮动，时隐时现。每当那带有海潮腥味的海风从左侧吹来时，这些浮动着的青白色东西就更多更密，不禁使人联想起老人嘶哑无力的謦欬声——只听得一阵阵沙哑的声响。我想象着那浪涛正在海面上剧烈地此起彼伏，心里却又觉得不是这么回事，因为大海不会发出这种沙沙声。猝然之间，我仿佛看到是魔鬼露出了白牙在狞笑，于是我竭力使自己的眼睛不朝那个方向

① 日本的拨弦乐器，近似我国的三弦，用大拨子弹奏，常用作伴奏。

看——我不时偷偷地觑上一眼。我几次三番地瞟一眼，瞥一眼，仍旧弄不清楚那究竟是什么名堂，只听到沙沙的响声夹在呼呼的松涛声中，频频向我的耳朵袭来。这时，我分明听得一声声“咚、咚、咚咚”的海潮声由左侧松树丛生的海岸外远远地传来，这确确实实是波涛的声响。我心想：是大海在发出响声哪。这海潮声虽然不太响，却沉闷有力，仿佛有人在另一所房子的厨房里用石臼舂东西似的，咚咚直响。

浪涛声，松涛声，还有那沙沙作响而不知是何物的声音，使我不时地突然停下来去倾听它们发出的波及我全身的声响，然后再有气无力地继续朝前走去。我老是闻到一股像是田地里的肥料发出来的气味，也不知它是从哪儿飘来的。我回顾一下走过的路，见栽有松树的小路也是望不到尽头的，与面前的情况一样。我向四处望望，看不见一盏民家灯火；而且，我至今为止已走了一个多小时，竟然没有看到一个行人。我不时遇到的东西，只是一根根电线杆子——它们沿着左侧栽有松树的海岸，每隔三四十米出现一根。这些电线杆也发出同那浪涛声一样的声响来。我无所事事似的，每越过一根电线杆，就以下一根电线杆为目标，我数着一根、两根、三根……一路向前走去。

三十根、三十一根、三十二根……五十六根、五十七根、五十八根……我这么数着朝前走。大概是在我数到第七十根电线杆的时候吧，我看到街道远处开始出现了一星灯影。这时，我的目标自然就从电线杆转到了那灯影上，不过灯光在成排的松树间闪闪烁烁，时隐时现。我原以为灯光和我之间的距离大概相当于走十来根电线杆的路程，不料实际走起来，根本不是这么回事——没那么近。我走过了十根电线杆，又走过了第二十根电线杆，那灯光依旧在远处闪烁。它亮如灯笼，好像一动不动地停在某一点上。不过，它也可能是呈直线地向前移动——用着与我同样的速度、向着同样的方向……

大概又走了几分钟或是几十分钟吧，我终于走到离灯光约有五十来米的地方。原来像灯笼似的浑浊的亮光，渐渐地变得又强又亮堂了，把周围的街道照得如同白昼一样。在这么长的一段时间里，我的眼睛已看惯了微微发白的地面和呈黑色的松树，而此时此刻我才醒悟到：松针乃是绿色的。这灯其实是一盏安在某根电线杆上的弧光灯①。我来到灯下，站了好一会儿，打量着自己那清晰地映在地面上的身影。说真的，我既然会把松针的颜色都忘却，可见若不是在这儿碰上了弧光灯，我也许连自己的身影都要忘掉了呢。进入灯光中一看，除了身旁这十来米的范围，一切都被黑暗的世界所吞噬，包括刚刚走过的栽有松树的海岸和即将要走的街道。我明白自己已顺利地走过了那么黑暗的路程。我想：从那么黑暗的地方走过的，恐怕只是自己的灵魂吧；而来到这光亮的地方后，肉体大概才回到了灵魂的所在地。

这时候我忽然注意到右侧的黑暗中依旧有着先前那种嘶哑的沙沙声。一种白色的东西在黑暗中舞动，弧光灯的亮光使它比先前显得清楚些了。正因为它是处在微微发白的光亮中，所以反而更令人感到恐惧。我鼓起勇气，从松树之间探出了头，朝黑暗中望去，凝视着那舞动着的白色物体。一分钟……两分钟……我这样凝视了好一会儿，但是仍旧弄不清楚那是什么东西。白色物体竟像无数的磷燃烧起来似的，从

① 指那种在相距很近的两根炭棒上通以电流而发出强烈白光的电灯，明治十五年开始用作银座的路灯。

我脚下向远处漆黑的世界闪烁而去，旋即又销匿不见了。我感到此事太不可思议，吓得像是全身浸在冷水中似的，但是两眼还是继续注视着不放。渐渐地，就像正要忘却的东西在记忆中苏醒似的，又像朦胧的夜色开始亮堂起来似的，那漆黑一片的平地原来是一个很大的古池，池里种着许许多多的荷花。这荷花已经半死不活了，荷叶枯萎得如同纸片似的。一旦有风吹过，荷叶便发出沙沙的响声，把叶子背面的白色翻露出来，在风中战栗着。

不过，这古池一定非常大，因为我早就感到它的存在了，而且它还在往前一味地延续吧——我这么想着，两眼顺着古池向前方望去，横在眼前的，只有古池和荷叶，望不到尽头，它们在远处同阴沉朦胧的天空相连。我简直像是面临着暴风雨之夜的茫茫大海。但是这“大海”中有那么一小点红光在闪烁，就像海面上有人点起的渔火。

“啊，那儿有灯呢。准是有人在那儿住。既然有人家，那我大概离村镇不远了。”

我不禁欣喜无比，精神抖擞起来，急忙由弧光灯光下朝黑暗的前方赶去。

走了大概五六百米吧，灯光终于近在眼前了。只见前面是一所农家的茅屋，灯光好像是从这茅屋的拉窗里透出来的。不知屋里居住的是什么人，看来住在这样荒僻、寂寞的房子里的人，不会是自己的父母亲；这茅屋也不会是自己的家吧。我推开那亮着灯光而令人依恋的拉窗，看到上了年纪的双亲正围着地炉烧柴禾。

“哦，是润一吗？你把事情办妥回家啦。快，快上来烤烤火，赶夜路确实是十分寂寞的，你真是一个好孩子。”

我仿佛听到双亲在这么疼我。

那条街路在这所农家的附近开始略向左弯折，路右侧的这农家屋里的灯光正好处于成排的松树的尽头。屋子的正面有四扇紧闭着的拉窗；拉窗的一旁是厨房的入口，好像垂着绳帘。厨房里的灯影由绳帘中漏出来，影影绰绰地洒在街路的地面上，连对面那棵大松树的根部都微微照到些亮光了。

……我走到了离这屋子只有一两米远的地方，听到绳帘背后的食具洗濯池里水声不断，好像是在洗着什么东西。檐前的小窗中升起一缕淡淡的炊烟，在茅屋的屋檐处聚集成团，仿佛燕子窝似的。现在这种时候又会在干什么呢？难道这么晚了还在烧晚饭吗？我心里刚闪过这个念头，立即感到有一股十分熟悉的酱汤的香味扑鼻而来。接着飘来了鱼烤焦时溢出来的香味。

“啊，母亲在烤最好吃的秋刀鱼啦，一定是这么回事。”

我忽然感到肚子饿了，真想立刻跑去同母亲一起吃秋刀鱼和酱汤。

我走到屋子的门前，由绳帘中望去，果然不出所料，只见母亲正背对着我，蹲在灶旁，她的头上包着一块手巾，两端裹成了棱角形状；手持吹火的竹筒，眨巴着受烟熏的眼睛，不停地朝灶下吹火。火里每添上两三根劈柴，火焰就像蛇舌似的往上舔，母亲的脸被火光映成微红色了。我想到居住在东京时，家里生活优裕，可以随心所欲地过日子，母亲也绝没有动手煮过什么饭……所以母亲现在是够辛苦的啦……母亲穿着胖鼓鼓的又脏又旧的布面棉衣，外罩一件破旧的蓝点花纹的背心，也许是只顾吹火的关系吧，她的背部拱成了圆形，同佝偻一样了。啊，母亲竟在不知不觉间变成这样一个村媪啦。

“妈妈，妈妈，是我呀，是润一回来了呀！”

我从门口向屋里呼唤。于是母亲轻轻地放下吹火的竹筒，用双手支着腰部，驼着脊背，慢慢地站起来。

“你是谁呀？你是我的儿子吗？”

她回过头来，对着我这么说。这声音比那古池里的荷叶的摇曳声更轻更哑。

“嗯，不错，我是妈妈的儿子，是儿子润一回来了。”

然而母亲只是定睛望着我，一声不吭。她头上裹着的手巾下面，露出了花白的头发，头发上还积着炉灰。她的脸颊上和前额上堆起了深深的皱纹，完全像个老态龙钟的人了。

“我长年累月地盼望着儿子回来，已经等了十年、二十年了。不过，你不像是我的儿子。我的儿子应该还要大些，他总有一天会从这街、从这家门前走过的。我的儿子也不叫润一什么的。”

“哦，是吗？那您是别人家的阿婆啰？”

我说过这话后仔细一看，一点不错，她确实不是我的母亲。不管怎么落魄，我的母亲还不至于这样老呀！不过，这么一来，我母亲又究竟住在什么地方呢？

“哦，阿婆，我也是为了要找母亲而走过这儿的。阿婆是否知道我母亲住在什么地方？如果知道，麻烦您指点指点。”

“你是说你母亲住在什么地方吗？”

老媪说着，努力睁大自己那疲乏而满是眼屎的眼睛。

“我怎么会知道你母亲住在什么地方呢？”

“那么，阿婆，我走了这么长的夜路，肚子饿坏了，能不能给我点吃的东西？”

老媪听后，板着脸，一声不响地把我从脚瞅到头。

“哦，我说你呀，虽然还是个未成年的孩子，却恬不知耻呢。你说你在找母亲什么的，看来是撒谎吧。看你这副邋遢相，我看你是乞丐吧？”

“不，不，阿婆，没有的事。我既有父亲又有母亲。我家里很穷，所以我穿得褴褛不堪，不过我不是乞丐呀。”

“不是乞丐的话，那你就该回家去吃饭呀。我这儿嘛，什么吃的东西也没有啊。”

“唔……阿婆，难道这儿一点吃的东西也没有吗？阿婆不是煮了饭了吗？那锅中还烧好了酱汤，网兜上也放着烤好的鱼，不是吗？”

“哦，你是个坏孩子，眼睛竟然扫到厨房里的锅中，真是个坏孩子。不过很抱歉，那饭、鱼和酱汤都不能给你吃。因为我儿子一旦回来，一定要吃饭的，我这是替儿子准备的呀。我怎么能把这替宝贝儿子准备好的饭菜给你吃呢！行了，行了，你别待在这儿啦，请快点出去吧，我还有事呢。锅里的饭香了，都是因为你，饭也已经烧焦了。”

老媪鼓着两腮生气地说着，同时毫不客气地自顾自回到灶旁去了。

“阿婆、阿婆，请你别说这么无情的话吧，我饿得简直要倒下来了。”

我说着，朝老媪望去，只见她背对着我，一点也不理会地干着自己的事……

“唉，没有办法，肚子饿瘪了也得忍受。我还是赶快上自己的妈妈处去吧。”

我独自转着念头，走出绳帘外。

顺着向左弯折的街路再往前走五六百米，好像有一座小山。

可以看到街路微微发白地笔直伸至这小山的脚下，至于从山脚处开始，这路往哪儿伸展，我就看不真切了。山坡上长着茂密的松树林，一直伸至山顶，很像一柄大伞，而这些又黑又大的松树同街旁成排的松树没什么两样。虽说天暗得看不清楚，但是我想象得出这些松树发出的松涛声在撼动山丘。我渐渐靠近这座小山，沿路顺着山麓而去，在松树林的左面绕行。树林投下的阴影在我周围越变越大，眼前的暮色比先前更加浓郁了。我抬头仰视天空，是繁密的松枝，它们遮住了视线，我望不到夜空，只听得先前的那种松涛声在头顶上沙沙作响。我已经忘掉了一切，忘掉了肚子饿，光是感到恐惧不堪。电线杆的嗡嗡声和荷花池的沙沙声都听不到了，不过大海的咆哮声还在震天地轰响。我总觉得脚下出奇地发软，每走一步就像陷进去似的。我估计是步入沙地了，那么出现这些现象本是很正常的事，但我还是很不愉快，好像不管怎么走，总是碰到坑坑洼洼。我从来没有碰到过这么难走的沙地，而且这路与先前又有些不同，短短的路途中，我已经时左时右地拐了不少弯。稍有疏忽，很可能会迷入松林的。我渐渐紧张起来，额上沁出了冷汗，自己都能清楚地听到自己的心跳声和呼吸声。

我低头望着脚下朝前走，忽然，我觉得自己像是从洞穴那么狭小的地方走进了宽阔的天地，不禁抬起头来。只见自己仍在松林里，不过我已望见前方有一个明亮的小圆点，颇像通过望远镜看到的景象。我知道那不是灯火发出来的亮光，它是一种银色的、刺入肌肤的冷光。

“啊，这是明月，是明月！月亮从海面上升起来了！”

我的头脑中立即闪过这样的想法。这时候正对面的松树林变得稀疏了，只见迎面像开了窗户似的间隙中，有皎洁的银光在闪闪发亮，与白色绸缎的光泽没甚两样。我脚下的路虽然还处在黑暗中，但是海面的上空大概已经是云破月来，妩媚的月光正穿过云隙射下来。在我凝视着的时候，海面上渐渐亮堂起来，甚至映照进这松树林子的深处，反射光令人目眩。我总觉得在这种不停闪烁的反射光亮中，海水的表面好像在柔软地膨胀，波涛在一味上涌，气势澎湃。

从海上开始渐渐转晴的天空，慢慢地向位于山阴中的树林上方压下来，我脚下的道路也就一点一点地明亮起来。最后，苍白色的月光竟把松树的倩影清清楚楚地附在我的身影上。山丘的突出部分逐渐向左侧远离，不知不觉间，它仿佛突然奔离树林，出现在前方浩瀚的大海上。

啊，这真是一幅绝美的景色。我伫立不动，一时感到有些恍惚。我一路走来的这条街路，现在顺着溅起飞沫的海岸不断地向远处延伸，宛如景色优美而曲折蜿蜒的海滨。

在这里的街路旁，姿态有趣的马尾松随处可见，它们的身影清清楚楚地斜映在地面上，我觉得很眼熟，好像在那些介绍名胜的明信片上——诸如三保之松、田子之浦、住江之岸、明石之滨——看到过这类景象。街路同海滨之间是雪白的沙地。沙地本是坑坑洼洼、时起时伏的，但是整块沙地完全沐浴在月光下之后，看上去竟是十分平整的，一点也没有高低不平的感觉。远处的天空里悬着一轮明月，地平线出现在大海上，除了这明月和大海之外，看不到任何遮眼的东西。自己刚才从松林深处望见的，正是明月底下光线最强的那一部分海面。我现在方始明白：这一部分海面不光是有光亮反射出来，而且是一面闪烁着光亮一面像扭弯的金属丝那么旋转着。或许可以这么说：正由于这种旋转，所以光线显得格外的强。

也许是因为这块海面位于海的中心吧，潮水从这儿向外旋，所以海面是向上鼓的。反正看上去这一部分海面确是处在海的正当中，海水要高出一段。随着这高出一段的海水向周围扩展开去，海水反射出来的月光宛如片片散落的鱼鳞在涟漪中银光闪烁；它们互相推搡着，向岸边的沙滩轻轻地靠过去；有时候海水在岸边被撞碎，浅浅地爬上沙地，但是依然可以看到银光在其中闪烁。

这时候风恰好停下，沙沙直响的松枝也戛然不作声了。连拍向汀线的浪头也像在努力不破坏这月夜的寂静似的，只是轻轻地低语着，不敢放肆。打个比喻，它仿佛是女人的忍气吞声，又活像螃蟹从自身的甲壳缝里吹泡沫似的，几乎听不到什么响声，然而它确实是在作着绵绵无尽的悲切的长叹。与其说它是一种“声音”，倒不如说它是一种深沉的“沉默”，是一种使今夜的这种静谧更神秘化的震撼人心的音乐……

不论是谁，只要看到这样的月亮，一定会联想起“永远”。虽说我还是个孩子，不能清楚地体会到“永远”这种概念，但我感觉到心中确实充满了近似于这种概念的感情。

我记得自己从前在什么地方看到过这番景色，而且不止一次，是几次三番地看到过的。我甚至怀疑那是在我出世之前的事，也许是前一世的记忆现在在我身上复苏了。要不，恐怕也不会是现实世界中的事，而是梦中的情景吧。我觉得自己是在梦中几次三番看到过与此完全相同的情景的。不错，我确实是在梦中看到的。两三年之前以及前几天，我都梦见过的。我想：在现实世界中的什么地方一定存在着同这梦境一样的情景。我曾经在这个世界上一度遇见过这番景色。梦对我作出了一种暗示，而这种暗示现在变成了事实，在我眼前出现了……

浪潮拍岸时都不敢大声喧哗，所以我也尽可能轻地慢慢行走，仿佛小偷似的。然而不知怎么一来，我感到异常兴奋，便在沿着海岸的街路上快步前进，好像在逃跑。周围的景物静极了，使我感到有些害怕，仿佛稍有疏忽，自己就会像马尾松和沙滩那样被紧紧冻住了似的，一动也不能动，于是乎就化成为海岸上的石头，不得不长年累月从头到脚都沐浴在冰凉的月色中了吧。其实，只要遇见今晚这种景色后，谁都想去赴死了。如果当场就要死，这死也好像变得不是怎么可怕的事了……我觉得多半是这一些思想活动在使我兴奋不已吧。

“皓月普照天地间，而受到月色笼罩的东西，无不成死样怪气的。但是，唯有我还醒着，唯有我还活着、动着。”

我觉得这样的气氛在驱赶我，驱赶得越来越凶，我只好赶快奔跑了。而这种独自急匆匆的赶路竟成了我恐惧的缘由。我气急得难受；稍一站停，周围的景色便自然而然地进入了我的眼帘。所有的景物仍旧处在寂静中，天空，水，远处的山，都笼罩在缥缈的月色里，这种泛着青白色的恬静，就仿佛电影中断片时刻的景象。街路的地面一片洁白，好像铺了一层霜，马尾松的清晰的身影横在路面上，又好像从路上边爬出来的蛇。松树和树影在根部合二为一，但是树影清晰极了，仿佛松树一旦不见，这树影也不会消失似的，使人觉得这影子是主体而松树反倒是派生出来的了。这种现象也适用于我同我的身影所反映出来的情况。我久久地盯着自己的影子，而影子也横躺在地上跟着我，同时一直朝上望着我。在这个世界，只有我和这影子在动。

“我不是你的随从，我是你的朋友。因为我非常喜欢月色，便不知不觉地到这儿来逛逛了。你也是个感到孤独的人吧，那就让我们结伴而行呗。”

我觉得我的身影好像在这么对我说。

我先前是数着电线杆往前走的，而现在我是数着松树的影子向前迈着步子。街路同海岸之间的距离时而远离时而靠近。有时候那浅浅地浸入岸边的海水，几乎要把松树的根部都濡湿了。这海水在远处爬行时，看上去像展开来的白色薄丝绸；靠到近处来时，只见它有一两寸的厚度，仿佛溶在热水里的肥皂沫，向上鼓起着。月光很公正，如实地把这向上鼓起的一两寸海水的波影映照到沙滩上。在这种月夜，即使是一根针，也一定会有影子留下的。

从远处的海面上，也可能是从前面那很多棵马尾松的深处——我也无法肯定到底是前者还是后者——突然传来一种奇妙的声音。不过，也可能是我的幻听，反正，那是一种三味线的声响——忽然中断忽然又响起来，那音色准是三味线无疑。当年住在日本桥的时候，我被奶妈抱着睡到被窝里时，常常听到这三味线的声音。

“吃油炸鱼呦，吃油炸鱼呦。”

奶妈总是跟着那三味线的节奏，这么哼着。

“喏，你听那三味线的声音呀，好像是在说：吃油炸鱼嗷，吃油炸鱼嗷。唔，你听到了吧。”

奶奶常常这么说着，望着偎在她胸前的我——我正用小手摆弄着她的乳头。也许是心理作用吧，果真听到了如奶奶所言的那以悲凉节奏唱出来的“吃油炸鱼嗷，吃油炸鱼嗷”。我同奶奶两人许久许久地相顾而视，竖起耳朵静静地听着那三味线的声响。严冬时节的行人很少的街路上，传来了木屐咯嗒咯嗒在冻硬的路面上行走的声音，那是说唱“新内节”①的街头艺人从人形街往米屋街而去时，由我家门前走过。“吃油炸鱼嗷，吃油炸鱼嗷”，这声音非常清晰，但是渐渐地在变弱，有时随着风向还不时刮过来，后来一点也听不见了……

“油炸鱼……吃油炸鱼嗷……油炸鱼嗷。油炸鱼……油炸鱼……吃……油炸……鱼……”

最后，这声音就这样稀稀落落地模糊不清了。我觉得自己像是凝视着一点越来越小的火光朝隧道中隐去似的，并在

① “新内节”是净琉璃说唱艺术的一个派别，特点是哀婉动人。

这种心情下侧耳倾听着。三味线的声音中断了一会儿，但随即又响起来，它在我的耳际嘀咕着：吃油炸鱼嗷，吃油炸鱼嗷……

“哎呀，又听到了三味线的声音啦……也可能是自己的幻听吧……”

我这么想着想着，不知不觉地进入了梦乡。

那熟悉的“新内节”的三味线音响，今晚又响起了那种悲凉的声音，稀稀落落地传到街上来了：吃油炸鱼嗷，吃油炸鱼嗷……它同木屐的咯嗒咯嗒声和在一起，听上去与往常有点儿两样，然而那种音色是无可怀疑的。起初只是“油炸鱼……油炸鱼……”的“油炸鱼”一词清晰可辨，后来大概是渐渐靠近的缘故吧，不一会儿，整个“吃油炸鱼嗷”都能听清楚了。但是路上除了我和松树的身影外，哪里有什么说唱“新内节”的艺人！我驰目远望过去，凡是月光能沐浴到的地方，除了我自己之外，路上连一只小狗都没有。“看来，”我心里这么想，“也许是因为月色过于明亮的缘故，反而看不清东西了吧……”

后来，我也搞不清究竟过了多少时候，终于看到在一两百米的前方有个弹三味线的人影。在走到那人影之前的“长时间”里，我完全沉浸在月光和波涛声中。我之所以只能说“长时间”，是因为我无法估计出实际上有多长时间。一个人在梦中往往可以感到经过了两三年的时间。我当时就是那么一种感受。天空中有月亮，路上有马尾松，海边有拍岸的浪花，我就在这种环境下的街路上走了两年、三年，又好像是走了十年之久。我走着走着，觉得自己好像已经不在人世了。人死了之后还要走一段很长的旅程，我感到自己正在走着这段旅程。反正我主观上感到这路有这么长。

“吃油炸鱼噘，吃油炸鱼噘。”

这三味线的声响现在已经近得很清晰了。那弹三味线的拨子的明快节奏像点点清泉，像银铃，它在沙沙地刷洗着沙粒的浪花声的伴奏下，显得庄严神圣，沁入我的肺腑。这弹三味线的人，无疑是个年轻女子。她头上戴着一顶从前沿街弹着三味线卖唱女子所戴的草笠，走起路来稍稍往前俯身，也许是因为月色明亮的关系吧，她的发际显得惊人地白。不是年轻的女子，决不会如此白的。她那不时从右手袖口露出来的握乐器把子的右手手腕也是出奇地白。女子离我有一百多米远，我连她身上的衣服的条纹都看不清楚，然而她那白色的鬓发和手腕都像海面上闪烁着亮光的浪尖一样明显。

“啊，我明白了。看来那不是人，而一定是狐仙，是狐仙变化而成的！”

我一下子害怕起来，尽可能不发出脚步声地蹑手蹑脚跟在女子身影的后面。这人影依旧弹着三味线，头也不回一回地拖着沉重的脚步朝前走去。不过，那如果真是狐仙的话，大概不至于不知道我尾随在她后面吧。也许是心里明白而故意装作不知道吧。这么说来，那雪白的肤色无论如何不会是人的皮肤，很有可能是狐身上的毛。因为无毛的东西不可能像细柱柳那样闪烁出那种有光泽的白色。

尽管我走得很慢，女子的后影却也渐渐地离得很近了。两者的距离已经不到十米远。再过一会儿，也许我那映在地面上的影子就要碰到她的脚跟了。我迈出一尺，影子伸出两尺。影子的头部马上就要同女子的脚跟相接了。女子的脚上——尽管这么寒冷——是光脚穿着一双麻布里子的草鞋，而这脚也同鬓发和手腕一样的雪白。由于脚是藏在呈长方形的衣裙中间的，所以相距过远时没有看到。

这衣裙的下摆非常长，好像是用丝绸之类的织物做的，下摆又挺又滑，同舞台上的风流男女穿的差不多。下摆罩着脚背低垂着，简直要紧贴沙地了。不过，也许是因为沙地异常干净的道理吧，脚和下摆都没有沾上脏污。吧嗒吧嗒，每抬起草鞋来走一步，就显出那雪白的脚背，简直叫人舔都愿意。她是人还是狐，尚不得而知，但是她的皮肤无疑是人的皮肤。

月光从草笠上滑落下来，带着寒意照到了鬓发上。在鬓发至略向前弯的脊背间，漂亮的背骨隆起着，清晰可见。脊背的两侧是纤细的削肩，它同拖至地面的衣裙一样，都显得很苗条。肩的宽度也细巧得比向两旁扩出去的草笠边沿还要窄。她不时低首下视，美丽的发髻滋润得像被水濡湿似的，发髻上压着草笠的攀带儿，而耳朵里侧的皮肉出现在其间。不过出现的皮肉只到耳朵为止，再往下的脸部是怎么样的呢？由于被草笠的攀带儿遮住了，简直不知道。

我凝视着她那体态轻盈、弱不禁风的背影，越看越觉得她不像是人，不禁依旧怀疑那是狐仙变的。我心里在想：她的背影纤弱、妩媚、是一位美女的样子，但是当我靠近后，她说不定会把金刚那样的可憎面目向着我，使我大声惊叫的吧……

我估计自己的脚步声这时候一定清清楚楚地传到她的耳朵里去了。她明知身后有人，却一次也不回过头来，而是装作不知道……我看到这种情况，心里益发狐疑不已，心想：如不作好受她突然恫吓的思想准备，到时候要被吓死……

我映在地上的身影这时已经超过了她的脚跟，爬到她的衣裙下摆上，有一两尺高了。我的脑袋的影子映在她的腰部并慢慢地向腰带处移动，马上就要爬上脊背了。在我的影子的前面，只见女子的身影映照在地上。我断然向旁边跨出一步，我的身影便立即离开她的腰背部，同她的身影一起，清清楚楚、肩并肩地映在眼前的地面上。不管怎么说，她不可能不看到这一情景。但是，女子依然不向我这儿偏过头来望一望。只见她专心致志、安详沉着地一味弹着"新内节"。

两条身影在不知不觉中靠到一起了。我不禁朝女子的侧脸瞥了一眼。我看到女子柔软的脸颊轮廓在草笠攀带的那一侧出现。从这脸颊的轮廓就可以知道：她绝不是金刚的长相。因为金刚的脸颊线条不可能如此柔软。

在柔软的脸颊阴影中，渐渐露出了一点儿——真是名副其实的一点儿——的鼻尖。仿佛在火车中隔着车窗眺望窗外的景色时，看到海角正从某座山的侧腹渐渐显现出来。我希望这只鼻子是高高的、很漂亮的上等人的鼻子。我不能容忍在这种月夜行路的风韵楚楚的女子会是一个很丑的人。我这么想着的时候，鼻子渐渐地从脸颊间显现出来，可以看到鼻尖以下的平缓的线条。这时候就已经可以想象得出这鼻子的大体形象了——肯定是高高的，而且很漂亮，现在可以放心了……

我高兴极了。特别是当我看清楚那鼻子远比我想象得还要出色、像画出来那么完美无缺时，我的喜悦心情就别提了。现在，从那端庄的鼻梁开始，她的侧脸已完全显现出来，同我的脸并列在一起。不过她依旧没有朝我这儿转过脸来。她不想让我看到比这侧脸更多的面容。以鼻梁为中线，那一半的侧脸宛如隐于山阴处开放的花朵。她的脸美得像画出来似的，同时又使人感到这美如绘画的脸蛋只有前面一半而没有后面那一半。

“阿姨，阿姨，阿姨这是到哪里去呀?”

我这么去问她。但嗓音是那么诚惶诚恐，被响亮的三味线的乐声压住了，并没有进入她的耳朵。

“阿姨、阿姨……”

我再次叫道。虽说我嘴里称她为“阿姨”，其实我心里很想称她为“姐姐”。因为我没有姐姐，我心中一直有那么一种情感——希望有一个美丽的姐姐。我总是十分羡慕我那些有着漂亮姐姐的朋友。所以当我向这位女子打招呼的时候，我的心中涌起一种纯真的依恋姐姐的情感。我对自己叫她“阿姨”的做法，心里总有些不满意。不过，想到突然称人为“姐姐”，总该十分熟悉才行呀，所以无可奈何地称她为“阿姨”了。

我自以为第二次是大声呼叫的，然而女子依旧不搭腔，她的侧脸动都没动。她专心致志地弹着“新内节”，低首直往，向前走去，长长的衣裾贴着沙地往前滑。她的眼光全落在三味线的弦上。看来她对自己奏出来的音乐十分满意，正留神地倾听着。

我向前跨出一大步，这次是从正面望着只见侧脸的女子了。她的脸埋在草笠的阴影里，正因为如此，她的白皙的脸蛋更叫人觉得明显。阴影一直罩到了她的下唇，只有扣了草笠攀带的下颚才显露出一些在月光中。这下颚像花瓣一样娇小可爱。嘴唇上涂着浓艳的红色。这时候我才注意到，她是浓妆艳抹过一番的。难怪我会感到她的肤色是出奇的白，原来她在脸上、颈部都厚厚地涂了显眼的白粉。

不过，她的美貌一点也不因此而逊色。厚厚的脂粉大概只有在强烈的电灯光或太阳光下才显得俗不可耐；而在今晚这种青白色的月光下，这张浓艳厚抹的美女的面容反倒使人感到一种神秘的、不同凡人的凄清气氛。说实在的，与其说这白粉是美的，或者说是艳丽的，倒不如说它是寒心的更恰当。

也不知怎么的，这女子突然站停，把低着的头抬起来仰望太空的明月了。她那埋在草笠阴影中而带着白色气氛的脸颊，这时好像忽然同海面上的潮水一样发出了银光。只见她娇嫩的脸颊上一闪一闪地有东西滚落下来，仿佛荷叶落下的露珠似的。刚看到闪烁着的光亮消失在什么地方，马上又是亮光一闪，随即消失了。

“阿姨，阿姨，阿姨你哭啦。阿姨脸颊上闪闪发亮的东西是泪珠吧？”

听我这么一问，女子眼睛仍然仰望着太空，回答说：

“眼泪倒是眼泪，不过我并没有哭。”

“那么是谁在哭呢？那是谁的眼泪呢？”

“这是月光的眼泪。月亮妈妈哭了，她的泪水落到我的脸颊上啦。喏，你瞧，月亮妈妈在那儿哭呢。”

被她这么一说，我也仰脸望着太空了，不过我看不出月亮妈妈到底是在哭还是没在哭。我想：多半是因为自己还是个孩子，所以看不出来吧。然而，月亮的泪水为什么光落在她的脸颊上而不落到我的脸颊上来呢？

“啊，毕竟还是阿姨在哭呀。阿姨撒谎了。”

突然之间，我不得不这么说了。因为我看到女子仰着头在不停地抽噎，那是为了不让我发现。

“不，不，我怎么会哭呢？我这个人呀，再怎么悲伤，也不会哭的。”

女子嘴里这么说着，脸上很明显地在哭哭啼啼。她那引颈上抬的脸上，只见泪水由眼睑背后往外涌，并顺着鼻子的两侧，像丝线似的流向下颚。她每饮声抽泣一次，咽喉处的骨头就从皮肤下很凄然地显现出来，她无比地悲切，简直叫人担心会不会哭得一口气转不过来。起初像露珠似的滴滴往下淌的泪水，不一会儿就把整个脸颊濡湿了，甚至肆无忌惮地流进了鼻孔中和嘴中。她抽一下鼻涕，咽一咽由嘴唇浸入口中的泪水，与此同时就抽泣得不停地乱咳。

“啊，你瞧，阿姨你不是这么哭了吗？我说阿姨，你为了什么事要这么悲伤地哭泣呢？”

我说着，抚了抚俯身干咳着的她的肩膀。

“你是问我为什么这么悲伤吗？在这样的月夜行走在外，谁会不感到悲伤？就说你吧，心中也一定很悲伤的。”

“你说得很对，我今夜悲伤不堪呀。这到底是什么道理呢？”

“所以我要你看看那月亮呀。这悲伤情绪就是月亮引起的。你既然也那么悲伤，就同我一起哭吧。呵，我求求你，你就哭吧。”

她的道白不逊于那“新内节”，听上去像是优美的音乐。令人奇怪的是：她这样说着话的时候，弹三味线的手却没有停过。

“那么，请阿姨不要遮掩自己的泪容，朝我正视吧。我很想看看阿姨的容貌。”

“哦，可不是吗？我遮掩了哭脸，这真是不对头。好孩子，请你多加包涵呀。”

仰望着太空的女子这时刷地一下回过头来瞅着我。她头上的草笠倾斜着。

“喏，想看的话，你就仔细看吧。我就是这么一副哭相。我的脸颊都被泪水濡湿了。唔，请你同我一起哭吧。在今晚的月色的沐浴之下，我们就这么一起哭着往前走吧。”

女子把脸颊向我这边靠过来，潸然泪下。虽说她心里肯定是很悲伤，但这种落泪，似乎说明她情绪不错。我也明显地感受到了这种情绪。

“嗯，哭吧，哭吧。同阿姨在一起，哭多久都行。我刚才就想哭的，不过我忍住了。”

我的这一说话声竟像曲调似的，听上去仿佛带着优美的旋律。在说这话的同时，我感到泪水在我的脸颊上流着。我的眼球周围一时好像发起热来了。

“呵，好好哭吧。我请你哭一哭，我自己就更感到悲伤了。悲不可言哪。不过我愿意悲伤，请你尽情地哭吧。”

女子说着，脸颊又靠前来碰着了我。不管流了多少眼泪，她脸上的脂粉也不会剥落。濡湿的脸颊反而像月亮似的，闪烁得很有光泽。

“阿姨，阿姨，我已按照阿姨的吩咐，一起哭了。现在我请你答应我一件事，让我改称你为姐姐好吗？哦，阿姨，现在开始让我改称你为姐姐好吗？”

“这是为什么呢？你为什么要说这样的话呢？”

女子这时候把眼睛眯得像芒穗那么细地注视着我的脸。

“因为我总感到你是姐姐。阿姨你准是我的姐姐无疑。唔，你说对吗？即便不对，从今以后你就做我的姐姐不成吗？”

“你不是没有姐姐的吗？你不是只有弟弟和妹妹吗？你把我唤作阿姨或者唤作姐姐，我更要觉得悲伤了。”

“那么，我该叫你什么好呢？”

“叫什么好？难道你忘了我啦？我不是你的妈妈吗？”

女子说着，尽可能把脸朝我靠来。刹那间我恍然大悟。经她这么一说，我发现女子果然是我的母亲。按理说，母亲不可能这么年轻、这么漂亮呀？但是她确实是我的母亲，这是我无法怀疑的哪。我想：我还是个小孩子嘛，所以母亲这么年轻、这么漂亮也是理所当然的事啰。

“啊，妈妈，你就是妈妈呀！我一直在找我的妈妈哪！”

“哦，润一，你总算认出妈妈了，认出来了……”

母亲高兴地这么说，声音都发抖了。于是她把我紧紧地搂在怀里，站着一动也不动。我也拼命依附着母亲，寸步不离。母亲怀里的甜美的乳香温暖地包围着我……

月色和潮声依然沁入我的全身。“新内节”的乐声还在响。我们两人脸颊上的泪水还在不停地往下淌。

突然，我醒了过来。枕旁被泪水浸湿了，可见我在梦中真的哭了。我今年三十四岁，而我的母亲已在前年夏天离开了人世……当我的脑际涌出这一想法时，新的眼泪便滴落到枕头上了。

“吃油炸鱼嗽，吃油炸鱼嗽……”

这一三味线的声音又在我的耳膜深处响了。它来自很遥远的地方，仿佛是另一个世界中送来的音息。

春琴抄

春琴者，真名为鵙屋琴，生于大阪市道修町①某药材商家，明治②十九年十月十四日殁，冢置市内下寺町某净土宗③寺院中。

不久前由此路过，猝发参谒其墓之想，遂顺道寻去，求其墓所。

“鵙屋的坟在这一边。”一寺仆说着，往大殿的后面引导。只见山茶树的丛荫里并排置有好几穴鵙屋家的祖坟，但是附近不像是琴姑娘的墓。

我说：“既然鵙屋家昔日有过这么一个姑娘，可见她的墓理该……”对方闻言后想了想，说道：“这么看来，那面的一穴也许是的了。”便引我朝东边陡坡处的台阶路上走去。

我知道，在下寺町东后侧矗立着一座上建“生国魂神

---

① 道修町在大阪市东区，至今仍多药材批发店。

② 日本在 1868 年明治维新，改元明治。

③ 净土宗是佛教的一个派别。

社”的高冈，而眼下的陡坡便是由寺院通连这高冈的斜坡，这儿是大阪市内不可多得的树木繁密的地方，琴姑娘的墓就建在斜坡半腰处的一块平整出来的空地上。墓碑的正面标着法名——“光誉春琴惠照禅定尼”，背面是——“俗名鵙屋琴，号春琴，明治十九年十月十四日殁，享年五十八岁”，侧面刻着——“门徒温井佐助谨立”。

琴姑娘虽然一生一世用着鵙屋这个姓①，但她同“门徒”温井检校②事实上不啻是夫妇关系，这大概就是此墓能在偏离鵙屋家祖坟处另立的原由吧。据寺仆说，鵙屋家早就没落，近年来，族中难得有人来上坟，即使来了，也绝不过问琴姑娘的墓所，所以就以为这不是鵙屋家后人的墓了。

我说：“这么说来，这位死者是无人问津了啰?”对方答道：“哦，不，尚不能说是无人问津，一位住在萩地某茶馆的老媪，估计有七十岁了，每年要来一两次，在这墓上祭扫一番，然后嘛，喏，你看到那儿有座小小的坟了吗?”他指着墓左侧的另一座坟，说道：“然后，老媪一定也到那座

---

① 按照惯例，女子嫁人后当改姓夫家姓。

② 盲人乐师的最高一级的职称。

坟上去焚香献花，还拿出诵经之类的费用。”

走到寺仆指点过的这小小的墓碑前，只见碑石约为琴姑娘那块碑石的一半大小，碑的正面刻着——“真誉琴台正道信士”，背面是——“俗名温井佐助，号琴台，鵙屋春琴之门徒，明治四十年十月十四日殁，享年八十三岁”。这就是温井检校的墓。

关于那位萩地某茶馆的老媪，下面自会谈到，这里暂且略过不提。而这墓不及春琴的墓大，墓碑上镌有“门徒”以及死后也要维持师徒之礼的做法，实为检校的遗愿。

这时，夕阳正绚丽地照射着墓碑的正面，我伫立于坟丘，观看展开在脚下的大阪市的雄伟景象。早在难波津①时期，这一带可能就是丘陵地带；面西的高冈由此径向天王寺方面伸展。而眼下，草木的叶子被煤烟熏伤了，发枯的大树失去了生气，仿佛布满了积尘，令人败兴。想当初修建此墓的时候，这一带该是苍郁无比的吧？即使在现在，若论市内的墓地，还是得首推这一带最为幽静、悦目呢。这由奇缘相

① 这是大阪市的古称。

合的师徒俩长眠于此，俯视着暮霭下竖有无数高楼大厦的东洋最大工业都市。然而今日的大阪已多所变迁，不是检校在世时的面貌了。唯有这两块墓碑，好像至今仍在互诉师徒间不凡的因缘。

温井检校一家是信日莲宗①的，全家除检校外，墓都置于检校的故乡——江州日野町的某寺院里。而检校之所以舍弃祖祖辈辈的遗训去改信净土宗，乃是出于死后也不让坟墓远离春琴姑娘的殉情意愿。据说早在春琴姑娘活着的时候，这师徒两人死后的法名，这两块墓碑的位置以及比例等，都已定妥了。据肉眼估量，春琴姑娘的墓碑约为六尺高，检校的墓碑大概不足四尺。两块碑并排竖在低低的石板坛上。春琴姑娘墓的右侧植着一株松树，绿荫如盖，伸向墓碑的上方。在墓左侧两三尺光景的地方，也是松荫不能企及的地方，有着检校的坟，它好像毕恭毕敬地在一旁听候吩咐。面对此景，不禁令人想及检校生前勤勤恳恳侍奉师傅而寸步不离左右的情景，觉得这墓碑仿佛生了灵性，今日还陶醉在那

① 是佛教中的一个派别。

种幸福中似的。我在春琴姑娘的墓前恭敬地行过跪拜之礼后，把手搭在检校的墓碑上，摩挲着石头碑顶，踯躅于坟丘，直到夕阳在这大都市的那一边落了下去。

• • •

最近，我得到了一本书名叫《鵙屋春琴传》的小册子，这使我开始知道了一些春琴姑娘的事。这书大约有三十页，是四号铅字印就的日本雁皮纸印本。经过分析，看来是徒弟检校在春琴姑娘去世三周年时央求他人编写的师傅的传记，是用来送人的。书中的行文是文言文，检校的事，也用第三人称来写，但材料无疑是检校授意的，看来，可以认为这本书的真正作者乃是检校本人。

此传有言："春琴家，历代以鵙屋安左卫门之称行世，居大阪道修町，经营药材业，至春琴父，已历七代矣。母名繁，出于京都麸屋町迹部氏家，适安左卫门后，生有两男四女。春琴为其二女，文政①十二年五月二十四日生。"又谓："春琴自幼颖悟，且姿态雍容华贵，高雅难以言状。四岁起

① 文政是仁孝天皇的年号，文政元年是 1818 年。

习舞，进退举止，怡然自得，一举一动，优雅感人，虽舞妓有所不逮。其师亦为之喟叹，曾屡屡嘟囔：‘惜哉是女！以其才其质，可望脍炙天下人之口而成一代名优，而今生为良家女子，是为幸耶，抑为不幸耶？’且其自幼习书识字，进步神速，竟使两位兄长望之莫及。”

这些记事本出自视春琴无异于神明的检校之口，其真实的程度究竟如何，当然很难说。但是春琴生来“雍容高雅”这一点，倒是有诸多事实可予佐证的。当时的妇女，身材基本上偏矮，听说春琴的身高也不到五尺，脸蛋和手脚长得极其纤弱细巧。从今日尚存的一张春琴姑娘三十七岁时的留影来看，她有一张端端正正的瓜子脸，脸上点缀着柔和的眼睛和鼻子，小巧得宛如用纤纤手指一下一下捏出来的，似乎顿时就会销匿。由于这毕竟是明治初年或庆应①年间的相片，白斑很多，就仿佛事情旷古年久而使人印象模糊似的，照片也给人留下了这样的感觉。不过，从这张朦胧的相片上，除了可以看出她有那种大阪富商家女子的典雅气质外，尚可感

---

① 庆应也是年号，位于明治之前。

受到她虽然很美，却没有鲜明的个性，因此印象淡薄。说她已有三十七岁，这固然可信，不过看作二十七八岁的话，也未尝不可。

拍这张相片的时候，春琴姑娘已经双目失明二十多年了，但是看的人并不感到她是个瞎子，而是觉得她把眼闭上了。佐藤春夫[①]曾经说过这样的话："聋者像蠢人，盲者像贤人。"因为聋者想听清别人说的话，会颦眉挤眼，张口结舌，时而俯首，时而仰脸，其态蠢然。而盲者危坐，默然低首，一副冥思苦索的神情，俨然是个深思熟虑者。这种讲法能否普遍适用于一般场合，当然不得而知。但我觉得，至少可以这样说：由于佛和菩萨的眼——即所谓"慈眼视众生"的慈眼——乃是半开半闭的，所以人们已经形成一种条件反射，觉得闭着的眼睛要比睁着的眼睛慈悲和可敬，有时还会令人感到可畏。那么，也许是因为春琴姑娘那垂下的眼帘尤其能体现出她是位慈祥的女子吧，竟使人隐隐约约地领受到一种顶礼膜拜旧的观世音菩萨像时的慈悲气氛。

---

① 佐藤春夫（1892—1964），日本小说家、诗人。有《田园的忧郁》《殉情诗集》等脍炙人口的作品。

据说，春琴姑娘的留影只有这么一张，可谓空前绝后。因为在春琴的幼年时期，摄影术尚未传至该地，而在照了这张相片的当年，她不幸遭到了意外之灾，此后遂决不留影，也不复有照片了。

现在，我们只能依据这一张朦胧不清的相片来推想她的风貌。读者看了上面的解释之后，眼前会浮现出一副什么样的面貌呢？也许心里描绘出来的形象是虚无缥缈而令人不胜遗憾的吧。其实呢，即使面对这张照片，也未必能使脑海里的形象更加清晰。说不定照片上的形象要比读者通过想象描绘出来的形象更加模糊。转念想想，春琴姑娘照这张相片的时候是三十七岁，是年，检校的眼睛也瞎了。也许可以这么认为，检校在世时最后目睹到的春琴的姿容，当近似于这张照片上的形象。那么，检校晚年时存于记忆中的有关她的样子，有可能是这种模糊不清的形象。当然，检校也可能在已经渐渐淡漠下去的记忆中掺进某些想象，于是在脑海里虚构出了另一个与她本人迥然不同的贵女子形象了。

• • •

《春琴传》上还写道：“故双亲亦视春琴姑娘如掌上明珠，

独宠是女，其余五个子女不可同日而语。迨春琴九岁，不幸罹上眼疾，未几，双目竟全然失明，父母为之悲恸。其母为爱女之不幸而怨天尤人，一时如痴如狂。春琴从此舍弃舞艺，潜心于古筝和三味线，发奋练习，有志于丝竹之道耳。”

这春琴的眼疾究竟是一种什么病？文中没有明说，整篇《传》中也没有更多的记载。但是检校后来曾对人说过这样的话：“俗言树大招风，信然！唯师傅才貌过人，遂一生两度遭人忌恨，师傅的坎坷命运，可谓全是这两度灾难种下的根子。”由此联系起来看，这其中似乎另有什么难言之隐呢！检校还说过：“师傅得的是淋性结膜炎。”据说这春琴姑娘自幼娇生惯养，因此性格傲慢自不待言，然而她的言行举止，富殷勤可亲味，对下人可谓关怀备至，具有朝气蓬勃的性灵，因此人缘极好，与同胞相亲无间，受到全家人的爱怜。但是，她那个小妹妹的奶妈看到父母对儿女的钟爱如此偏颇，愤然不平，遂对春琴怀恨在心。淋性结膜炎这种病，众所周知，乃是花柳病的霉菌侵入眼黏膜造成的，可见检校的用意，盖在暗指这位奶妈以某种手法使春琴双目失明了。不过，这究竟是有了确实的依据才如此认为的呢，还是检校独自臆想出来的呢？那就难说了。看看春琴姑娘后来那种暴躁脾气，不能不令人猜疑：这病或许不假，所以影响了春琴的性情。不过事情又不尽然如此，因为检校过于哀叹春琴姑娘的不幸，便会不期然而然地出现中伤他人的倾向，所以不可骤然地完全信以为真。看来，在奶妈的这件事情上，说不定也是检校的肆意猜测而已。总而言之，也不必再追根刨底地寻究原因，只须明白春琴九岁时已双目失明就行了。

于是，春琴“从此舍弃舞艺，潜心于古筝和三味线，发奋练习，有志于丝竹之道耳”。这也就是说，春琴之所以会以丝竹来寄托情思，乃是双目失明造成的。据说她本人也认为自己的天分是在舞艺方面，她常常感慨系之地对检校说：“有人赞扬我在古筝和三味线方面有天赋，这是不了解我这个人哪。我要是眼睛不瞎，绝对不会潜心于丝竹之道的。”这话有颇自负的一面，使人觉得“并不是拿手的丝竹之道尚且如此，那么……”，管窥蠡测，由此得见她骄矜的一般表现。不过，这些话也可能在某种程度上被检校加工过了。至少，检校似乎难逃这样的干系——他听了春琴一时随心所欲的感喟，觉得正中下怀，便铭记在心，并赋予其表现春琴伟大的重要使命。

前面谈到过的那个住在萩地某茶馆的老媪叫鸥泽照，是生田流①的勾当②，曾殷勤伺候过晚年的春琴和温井检校，据这位勾当说："听说师傅（指春琴）的舞艺非常好。古筝和三味线嘛，她从五六岁起就得到一位春松检校的教诲，之后锲而不舍地苦练，因此并不是眼睛瞎了之后才改学丝竹的。当时盛行良家姑娘自幼学艺的风习，而从师傅在十岁时听了《残月》③这种难度很高的曲子便能记在心里并能独自用三味线弹奏出来这一点来看，她在丝竹方面不是也具有不凡的天赋吗？常人是不能望其项背的。我想，她双目失明之后，也失去了别的娱乐，便在这方面精益求精，苦心孤诣地钻研了。"这一说法是大致可信的，可见春琴真正的才学，可能原来就在音乐方面，而她在舞艺方面究竟有多大的造

① 生田流是筝曲的一个派别，始作俑者是京都的生田检校，后在关西一带广为流传。着眼点放在乐器上而不在唱的方面。

② 勾当是地位次于检校的盲人乐师。

③ 生田流筝曲之一，作曲者是峰崎勾当。

诣，是颇可存疑的。

• • •

春琴苦心孤诣地钻研曲子艺术，起先并没有想过要以此作为一种职业，因为她无须为衣食操心。春琴后来之所以会以筝曲师傅的身份而自立，乃是其他的事情促成的。即使是自立之后，她也无须为生活忙碌，道修町的老家会按月送钱来，数目绝不算少。当然，这笔钱是不足以打发她那奢华和挥霍的生活的。所以说，春琴一开始压根儿没有什么要为将来打算的想法，她完全是凭着个人的爱好而潜心钻研艺术的，但是天才和勤奋使她“十五岁时的技艺水平就令人刮目而视，在同行中可谓鹤立鸡群，同辈学友中也无一人能望其项背”，这一情况恐怕不会有误。

鸭泽勾当说过这样的话：“师傅尝自诩：‘春松检校是位执教极严的老师，但我从未受过深责，倒是屡次得到老师的奖掖。我每次去，老师必亲自给我作示范，亲切而不厌其烦地多加指点，致使我简直不能体会畏葸严师者的心情是什么样的。可见她是在不知为徒学艺的苦楚，就达到这般造诣的，这是她得天独厚的地方，对不对呀？”

看来，那是因为春琴系鵙屋家的千金小姐，纵然有严师，也不能像教普通门徒那样严厉，手下多少也要留点儿情吧。何况春琴又是一位不幸眼瞎没多久的怪可怜悯的富家少女，见后是会产生出庇护之情的吧。不过最重要的一点，还是在于为师的检校爱怜春琴的才华而不胜钟爱她的缘故。他关心春琴胜过关心自己的孩子。春琴偶有小病而不能来学习时，他会立即差人去道修町探问，或者亲自拄杖去探望。他常为自己有春琴这样一个徒弟而得意，到处宣扬，还在同行的门徒们大聚会的时候，公开号召说："你们大家应以鵙屋家小姑的技艺为楷模！（注：在大阪，人们把富家小姐的"小姐"呼作"大姐"或"大姑"。与称叫长姐相对应，就称叫季妹为"小大姐"或"小姑"。这种称呼法沿袭至今。春松检校也曾作过春琴的姐姐的启蒙老师，有亲如一家人的关系，遂这么称呼春琴了。①）你们往后是要凭这行当吃饭过日子的，在本领上却不及一个弄了玩玩的'小姑'，我真替你们担心哪。"而在出现一些责难他过

① 此注是作者自注。

分偏爱春琴的讲法时，他就说：“胡说八道。为人师者，应该是要求严格才是真正的爱护学生。我没有责骂过春琴这个孩子，正说明我对她还不够关怀。这孩子在技艺上很有天赋，领会得又快又准确，即使我不去管她，她也能达到所要求的水平。如若认认真真地加以指点，她将会脱颖而出，令人生畏。这就可能使你们这些专职学艺者感到棘手了。我是想：‘何必如此教诲一个养尊处优的富人家姑娘，应当竭力使禀性迟钝者得以自立……’你们却是多么不明事理啊！”

• • •

春松检校的家在韧，离道修町鵙屋家的店铺约为一公里。春琴每天在小伙计的搀扶下，前往学艺。这少年小伙计当时名叫佐助，也就是后来的温井检校，他和春琴的因缘萌于此时。

佐助的情况正如前述，江州日野人氏，家中也是做药材生意的，据说其父其祖在见习时期，都到大阪来过，并在鵙屋处供职实习。对佐助来说，鵙屋家其实是自己家历经几代的东家。佐助长春琴四岁，他是十三岁方始来实习的，春琴是年当为九岁，也就是说春琴已经双目失明了。可见佐助来时，春琴那美丽的眼睛已经永远失去光辉了。

佐助对这件事——对自己一次也没有看到过春琴的明亮眼神一事，不但至终没有抱恨，反而觉得是一种幸福。如若看到过春琴失明之前的面目，也许会觉得春琴失明之后的面貌有所不足了吧。而现在，他有幸能觉得她的容貌没有任何不足的地方，能一开始就感到春琴是十全十美的。

现今，大阪的上流家庭竞相把住宅移往郊外，千金小姐也爱上了体育运动，经常接触野外的空气和日光，所以从前那种深居闺阁、足不出户的佳人式千金小姐已不复存在了。但是现今还在市区居住的孩子们，体质往往显得纤弱，脸色等也都是苍白的，与乡间长大的那些少年男女的健康而发亮的肤色相比，简直不可同日而语。说得好听点儿，这是白皙洁净，说得不客气的话，乃是一种病态。这不光指大阪，而是大城市里普遍存在着的现象。不过江户①有点例外，那里的妇女也以肤色微黑为荣，所以人们的皮肤不如京阪②的

① 江户是东京的旧称。

② 指京都和大阪。

白净。

举凡在大阪的旧式家庭中长大的公子哥儿们，都像出现在戏台上的少爷那样，一副弱不禁风的样子，直到三十岁前后，脸上方始泛出红褐色，肌肉丰满起来，身子顿时发胖，俨然是位气度不凡的绅士了。而在此之前，他们简直同妇女差不多，肤色白净。在衣着的选择上，也都偏爱柔媚的。更无论旧幕府时期的富商家的小姐了，她们在令人窒息的深院闺楼中长大，肌肤是近于透明的苍白和细腻，在来自乡间的少年佐助的眼中，这些女子是多么娇嫩，多么妖艳啊！

其时，春琴的姐姐十二岁，春琴的大妹妹六岁。在初次进城的佐助看来，无不都是偏僻的乡村里罕能见到的少女。特别是双目失明的春琴，自有一种不寻常的气度震撼着佐助。他甚至感到春琴那垂下的眼帘要比她的姐妹睁大着的眼睛更亮、更美，大有这张脸非如此不行的感受，觉得这正是她的天然面目。

据说“春琴在四姐妹中最美”的论点是占有压倒优势的，如果确有其事，很难说其中没有几分怜惜春琴是个残废的感情在影响着人们吧。不过，佐助却是个例外。后来，佐助对流言说自己之所以爱春琴乃是出于同情和怜悯，不由得感到无比的恼火，他也万万没有想到竟然有人这样看问题。

佐助说："我看着师傅的面容，从来没有产生过什么可惜啦、可怜啦的念头，一次也不曾有过。同师傅相比，倒是眼睛没瞎的人来得可悲呢！以师傅那样的气质和才貌，怎么会需要别人来同情！反而应该是她来怜悯我，说'佐助你真可怜'。我说呀，你们只是眼鼻都不缺而已，此外没有一样可同师傅相提并论的。我们才是残废呢，不是吗？"

当然，这是后来的情况，而佐助当初可能是把自己无限崇敬的心意深藏在胸中，任劳任怨地伺候春琴的。再说，佐助当时也许想都不曾想到过爱情吧，即使产生过这个念头，但对方是天真无邪的"小姑"，而且是做了自己家好几代东家家中的小姐，佐助能有幸作为随从在左右伺候，天天同出同进，这应该是莫大的满足了吧。想到佐助只是一个新来当差的少年，竟然被委以替小姐当引路人的重任，岂不叫人纳闷。其实呀，引路者一开始并不专属佐助一个人，女仆也陪从，其他的小学徒或年轻伙计也作过随从，简直不胜枚举。但是有一次春琴说道："我要佐助引路。"从此这引路人的差事便归佐助了。其时，佐助已过了十四岁，对于这无上光荣的使命，他感激涕零，经常握住春琴的纤手，走上一公里远的路程，送春琴去春松检校家学艺，等春琴上完课，再一路送回来。春琴在途中基本上不说话，佐助呢，只要小姐不启口，便保持沉默，仿佛全神贯注在别出什么纰漏上。春琴听得有人询问“小姑为什么选中佐助作陪呀”的时候，答道：“他比别人老实，不说废话。”前面已经说过，春琴原是个人缘好、富殷勤可亲味的人。但是，自双目失明之后，春琴乖戾而郁悒，不大有开朗的说话声和笑声了，很少开口。而佐助不多嘴多舌、只知小心谨慎地做好本职工作、绝不找麻烦的这些特点，可能正是春琴求之不得的，遂博得了春琴的另眼相待了。（佐助曾说过“看到春琴的笑容就揪心”，这大概是因为盲人一笑就现出蠢相，令人可怜，佐助见此，感情上便实在无法忍受了。）

• • •

春琴所说的因为佐助不多嘴多舌啦，不找麻烦啦云云，难道确是春琴的实在思想吗？会不会是因为模模糊糊地感到佐助有敬仰之意？尽管春琴还是个女孩子，也不免因此而心花怒放？把这样的估计加在一个十岁的少女头上，是有点牵强附会，但是想一想聪颖、早熟的春琴在双目失明之后，她的第六感觉的神经当会格外灵敏，那么，做出这种估计也未必就是毫无根据的臆测。而清高至极的春琴即使在日后意识到了爱情，也不会轻易打开心扉，不会很快表示应允的。可见这里多少是有些莫衷一是的地方，但是总的说来，起先春琴的心里几乎没有佐助这个人的地位。至少佐助是这么认为的。

佐助搀扶春琴时，是把左手抬至春琴的肩高处，手掌向上地承接春琴的右手的。而对春琴来说，所谓佐助者，不过是一只手掌罢了。春琴偶有事要支使佐助时，便用一个举动或一个颦眉来表示，或是像打谜似的自言自语露一两句，绝不把要求清清楚楚地讲出来。如果佐助没有注意到，她准定一肚子不高兴。因此佐助必须随时随地处于紧张状态，以免忽略了春琴的表情和动作，使人觉得他仿佛在受着“注意力灵到何种程度”的测验。

春琴本是个任性的小姐，从小娇惯的，再加上盲人特有的故意刁难人的心理，简直不让佐助有片刻松弛一下的机会。有一次去春松检校家学艺，正在按次序等候轮到的时候，佐助忽然发现春琴不见了，不由得大吃一惊，在周围一些地方寻找后，才知道春琴是在佐助没留神时上厕所去了。春琴平时上厕所，往往是默不作声地走的，佐助看到后，就追上去，把春琴搀到厕所的门口，然后等春琴出来，弄水给春琴洗手。但是，佐助这天有所疏忽，于是春琴独自摸着上厕所去了。佐助一面声音发颤地说着“太对不起了”，一面跑至已从厕所出来、想伸手抓取洗手池里的勺子的少女面前。但是春琴摇着头，说道：“没事了。”在这种情况下，要是听春琴说“没事了”，佐助便回答一声“是吗”而退下来的话，后果就更糟糕。最好的办法是上前夺取勺子，给春琴浇水洗手，这是关键。

还有一次，那是在一个夏日的午后，也是在师傅处挨次等候的时候，佐助在春琴身后恭候吩咐。春琴自言自语地吐了一句：“真热。”佐助便附和道：“是真热哪。”但是春琴不搭腔了。过了一会儿，春琴又说道：“真热。”佐助这才有所醒悟。拿起现成的团扇，在背后替春琴打扇，这才遂了她的心愿。不过，扇得稍微轻了一点儿的话，春琴马上连声叫道：“真热。”由此可见春琴的执拗和任性了。不过，她在佐助面前是表现得特别厉害，对其他的仆人却不是如此的。因为春琴本来已养成这种性格，再加上佐助百依百顺的做法，这就使她的这一性格在佐助面前变得无以复加了。春琴之所以觉得佐助最好使唤，也就是这个道理。而佐助呢，他并不以此为苦事，反而感到乐在其中。他大概把她那有意刁难人的做法，视作一种亲昵的行为，并认为这是一种宠幸自己的表现了吧。

• • •

春松检校授艺的屋子设在后楼的第二层上，所以顺次轮到的时候，佐助便引领着春琴拾级而上，让春琴在检校的对面坐好，又把筝或三味线摆在座前，然后退至休息室，等课授毕再上去接春琴。不过在等候的这段时间里，佐助还得全神贯注地倾听课是不是上完了。如若已完，就得在没有呼唤之前，赶紧起身去接。在这种情况下，春琴正学着的曲子势必不期然而然地进入了佐助的耳朵。佐助对音乐的兴趣，就是这么养成的。佐助后来成了这方面的第一流大家，应该说他是一位生来就有这种才华的人，不过话得说回来，如若他无缘伺候春琴，如若他没有某些爱屋及乌的炽烈爱情，恐怕只能分得鵙屋这个字号，开个店铺，以一名普普通通的药材商身份终此平庸的一生吧。佐助在后来成了瞎子，获得了检校的职称之后，还时常说自己的技艺比春琴差远矣，自己完全是遵循师傅的启发，才有今天的。

佐助一贯把春琴看作高于九天的圣人，认为自己同师傅不啻有天壤之别，所以佐助的这一番论述是不能照单全收的。不过，技艺的优劣姑且搁置不论，而春琴的很有天赋以及佐助的勤学苦练，这当是无可置疑的。

佐助为了能暗中得到一只三味线，便把东家平常给的津贴费以及跑腿得来的赏钱什么的，都积攒起来。这是他将满十四岁时的事。到了第二年的夏天，佐助总算买来了一只很粗糙的练习用三味线。为了躲过掌柜的盘问，佐助把琴杆和琴身分别携至作寝室用的阁楼上，每晚等师兄弟们睡着之后，独自摆弄一番。不过，佐助当初是为了继承家业才来此作小学徒的，他根本没有想过自己将来要以摆弄乐器为职业，也没有这种自信。他只是要虔诚地忠于春琴，认为春琴酷爱的玩意儿，也就是自己所爱的东西，见诸极端后，就出现了这一现象。佐助根本没有存心要把乐器作为博得春琴的爱情的手段，他竭力不让春琴知道此事，就是一个明证。

佐助同五六个伙计、学徒一起住在这间好像站起身就要撞头的低小屋子里，他以不妨碍众人睡觉为条件，央求众人保守秘密。这些睡多久也睡不够的年轻伙计，往床上一倒就呼呼大睡了，所以没有一个人叹苦经。但是佐助得等众人熟睡后，才能起来，钻进拿出了被褥的大壁橱中，练习弹三味线。即使不干什么事，阁楼就够闷热的，而暑夜在大壁橱中，那无疑是格外的热了。但是这样能够防止弦音传播出去，也可以把打鼾声和梦呓之类的响声隔在大壁橱外，是一个好所在，当然，弹奏时只能用指甲，不可用拨子，得在不见一丝灯光的一片漆黑中，摸索着弹奏。

不过佐助一点儿不感到这种黑暗有什么不便。他想：盲人就总是处在这种黑暗中的，“小姑”也是在这种黑暗里弹三味线的。于是觉得自己也能置身在这同一种黑暗的世界里，乃是无上的乐事。及至后来允许佐助公开练习之后，他还说：“怎么能在异于小姑所处的条件下练习呢！”所以佐助手持乐器时，眼睛就闭上了，这成了佐助的习惯。也就是说，佐助虽然不是瞎子，但他要品尝同盲人春琴一式一样的苦难，要尽可能不走样地体验盲人那种不自由的处境，有时候，他竟然像是不胜羡慕盲人了。佐助后来之所以会真的成了盲人，应该说是同他这种少年时代就有的心理活动有关联的，所以仔细想想，那并不是偶然的。

• • •

不论使用哪一种乐器，要达到随心所欲的地步，大概都不容易。而小提琴和三味线，由于没有固定的音位标志，加上每次弹奏前都得把弦音校正，因此要达到能够一般性的会弹，真是谈何容易。它们最不宜无师自练，何况当时乐谱还没有问世。人们平时常说："拜师学艺，古筝三个月可成，三味线得三年才行。"佐助拿不出钱来买古筝那么贵的乐器，首先，他根本无法安置古筝这样的庞然大物，所以，只好从学三味线入手。据说佐助一入手就能合调，这表明佐助那种辨别音高的天赋，至少是高于一般水平的，而且，这也足以证明佐助平时随同春琴去检校家时，他在等候中又是多么全神贯注地倾听别人练习啊！调子的异同，曲词，音高，节奏，这一切都得由佐助凭两耳记下来，没有任何其他的办法。

佐助从十五岁那年的夏季开始这么干，在半年左右的时间里，除了同室的师兄弟们知道外，总算没有被任何人察觉。但是到了这一年的冬天，出了一件事。

有一天黎明前——不过冬天的早晨四点钟光景依然是一片漆黑，同深夜一样。碰巧鵙屋家的女主人，即春琴的母亲阿繁去上厕所，她听得有人在弹《雪》①，也不知是从哪儿传出来的。往昔有一种说法，叫“冒寒练功”，遵照这种习惯，得在寒夜近拂晓的时分，置身凛冽的朔风中苦练。但是这道修町地区多为药材铺，挨次排列着的，无不是正正经经的商店。根本没有从事冶游业的艺人师傅及艺者在这里居住，也没有一家是操卖笑业的。再说这时正夜阑人寂，“冒寒练功”也嫌太早、太积极，若真是“冒寒练功”，理该强而有力地狠拨音弦，怎么在用指甲轻轻弹奏呢！而且老是反复地弹奏，像是要练熟某一个地方，用心之诚，可想而知。鵙屋家的女主人虽感惊讶，当时也没看作什么大事，回去睡了。

① 这是一支用三味线弹奏的名曲，峰崎勾当作曲。

后来，这样的情况还发生过两三次，女主人夜里起来走出房门，耳朵就能听到。有人听了女主人说的情况之后，出来表示：这么说来，自己也听到过的，不知是在哪里弹？同“狸鼓腹”的声音不一样云云。当师兄弟们还一无所知的时候，此事已经在住宅内搞得无人不晓了。

佐助本该自夏季以来一直躲在大壁橱中练习的，但他见没有人来注意这种事，便胆子大起来，加之他是在极其忙碌后的休息时间里挤出睡眠时间来练习的，因此渐渐地出现睡眠不足的样子，一到暖和的地方就打起盹来，于是他从暮秋时节开始，每夜悄悄地到凉台上去弹。平时，佐助总在亥时，即晚上十点钟，同师兄弟们一起就寝，到凌晨三点钟左右醒来，抱起三味线上凉台，沐浴在夜里透凉的寒气中，独自苦练，直到东方微微发白，再回床上睡觉。春琴的母亲听到的弦音就是佐助发出来的。大概是因为佐助偷偷选中的练习地点——那个凉台是位于店铺的屋顶上面吧，所以比起睡在凉台底下的师兄弟们，还是隔着中庭的内宅里的人在打开廊庑的防雨套窗的情况下，先听到佐助练习的弦声。

由于内宅的提出，对众店员作了盘问，结果弄明白是佐助在练三味线，于是佐助立刻被掌柜叫去，当面严加训斥，接着，当然难免"今后不准再犯"和没收三味线。就在这个当口儿，从意料不到的地方伸出了一只手来拯救佐助了——内宅提出"先听听佐助究竟弹得如何再说"，而春琴就是倡导者。

佐助真是诚惶诚恐，他觉得：春琴获悉此事，准要不高兴的，她会想，只要你这个引路人把路引好就行了，一个身为小学徒的人怎么如此胆大妄为地模仿着学艺呢！春琴是谅解还是嘲笑？反正哪一种都不妙哪。所以佐助听到"弹了听听看"的说法，反而畏首畏尾了。他想，自己的诚意要是感动了上苍，使小姑动了恻隐之心，这当然是谢天谢地。但是佐助不能不认为这很可能是带有一半调侃性质的取笑材料，是恶作剧。再说，佐助简直没有在人们面前献技的信心。

但是春琴是个开了口就不容别人推辞的人，加之其母、其姐妹们的不胜好奇，佐助遂被唤至内宅，把私下练得的技艺公之于众。对佐助说来，这实在是非同寻常的大事。当时，佐助好歹会弹五六个曲子，便遵循吩咐，尽自己所会的，壮壮胆，使尽浑身解数，悉数弹了一通，有浅近的《黑发》[1]，有颇难的《茶音头》[2]以及一些原本就是零零碎碎听来而东拼西凑记下来的曲子。鸦屋家的人原先也许真像佐助所估计的那样，想来取笑取笑的，但是见佐助经过短期的私下自练，基本掌握了此中三昧，节奏也颇谐调，大家听后都很佩服。

• • •

《春琴传》中说："时春琴爱怜佐助之志向，启口曰：'汝心诚笃，甚可感。吾日后当教汝，汝得暇即可以吾为师，努力苦练耳。'春琴父安左卫门，遂亦首肯其事。佐助欣喜不可言，每日克尽学徒之责后，匀出固定时间，奉手请益。十一岁之少女与十五岁之少年遂于主仆之外，而今又结师徒之缘，可庆可贺也。"

脾气乖戾的春琴突然对佐助如此温情，这究竟是怎么回事呢？有人说，其实这件事不是春琴主动提出来的，而是周围的人怂恿出来的。因为一个双眼失明的少女，即使生活在颇优裕的家庭里，仍免不了动辄就陷于孤独、忧郁的境地，

① 一种入门时的初级练习曲。
② 原是一种筝曲，菊冈检校作曲。

双亲固然是束手无策，连底下的众女仆也为之伤透脑筋，大家冥思苦索，想让她有所排遣而心情开朗一些，但乏于无术。这时事出偶然，竟获悉佐助与春琴趣味相投的事。看来是内宅的仆人们对春琴的任性无所适从而想把伺候的任务推给佐助，觉得这样至少可以卸掉一些压在自己身上的负担了，便投春琴所好地说道："这佐助也真是个奇才哪。若得小姑精心栽培，前途未可预卜呢！他本人也会觉得三生有幸而欣喜若狂了吧……"

会不会真有这种事呢！当然，如果怂恿得不是火候，脾气倔强的春琴不一定会中这些人的圈套。不过，这时恐怕连春琴也不觉得佐助可恼，而是在心底里涌起了春潮呢。不论怎么说，春琴既然提出要收佐助为徒弟，这真是春琴的双亲、手足和众仆人求之不得的大好事。至于一个十一岁的女孩子，纵然聪颖过人，究竟能不能做起师傅来教徒弟，这件事是不重要的，重要的只在于这样一来，春琴可以有所排遣的话，别人就感到上上大吉了。也就是说，这不啻是布置了一种"办学校"的游戏，命佐助当个游戏对象罢了。所以，与其说这是为佐助着想，还不如说这是为了春琴而安排的才对。

但是，从结果来看，倒是佐助获得了多得多的利益。《春琴传》中虽然载有："每日克尽学徒之责后，匀出固定时间，奉手请益。"但是佐助每天给春琴当引路人，一天中有好几个小时花在伺候春琴上，加之被春琴唤到房里去上音乐课，佐助也就无暇顾及店务了。安左卫门虽然觉得把一个本为了日后经商来学本领的孩子派去陪自己的女儿，实在愧对远在家乡的孩子的父母，但想到自己女儿的欢乐比一个学徒的将来更重要，况且佐助本身也希望如此，安左卫门觉得那就不要多言，听其自然——反正，暂且就这么走着瞧吧。佐助用"师傅"来称叫春琴，便是从这时候开始的。春琴下令说，平时可以称"小姑"，但上课时必须称"师傅"。她自己也不用"阿佐"唤他，而是直呼"佐助"。一切悉仿春松检校对待其弟子的样子，相互间严执师徒之礼，一丝不苟。

事情一如大人们所希望的那样，无邪的"办学校"游戏在继续，春琴也乐在其中，忘掉了孤独。但是月去年来，两人根本没有表现出要中止这种游戏的样子。这么过了两三年，师傅也好，徒弟也好，竟然都脱出了游戏的境域，渐渐地“假戏真做”了。春琴总是在下午两点钟左右去韧地的检校家学艺，上课三十分钟至一个小时，回到家中后得复习当天的功课，直至薄暮时分，而在晚饭之后，她时常兴致很好地把佐助唤至楼上的闺房里，教佐助学艺。天长日久，这渐渐地成了一项每日不可脱的正业了。有时候晚至九点钟、十点钟，春琴仍不放佐助过门——“佐助，我是这样教你的吗？”“不行，不行！你就是弹到天亮，也得给我弹出来！”——春琴这种严厉的训斥经常使楼下的仆人们听了为之咋舌。有的时候，这位小小的女师傅还一面骂着“笨蛋，真是太不开窍啦”，一面用拨子敲佐助的脑袋，而作为徒弟的佐助便呜咽地抽泣着。这已是屡见不鲜的现象了。

• • •

众所周知，从前课徒学艺，管教得也十分严格，徒弟得刻苦练习，备尝艰难，有时还要受师傅的体罚。在今年（昭和八年）① 二月十二日的《大阪朝日新闻》② 的星期特刊上，

① 昭和八年是 1933 年。

② 《大阪朝日新闻》创刊于明治十二年一月二十五日。《东京朝日新闻》创刊于明治二十一年七月十日。现在已合为《朝日新闻》。

载有小仓敬二君写的报道文章，题目是《木偶净琉璃艺人血淋淋的学艺记》，文中说，摄津大掾[①]死后的名手，即第三代越路太夫[②]，他的眉间留有一大块伤疤，形如新月，这是他的师傅丰泽团平[③]骂着“你到何时才能记住哪”的时候，用拨子把他掠倒在地造成的。又说，文乐座的木偶戏演员吉田玉次郎的后脑也留有同样性质的伤疤，这玉次郎年轻时陪师傅——大名人吉田玉造——演《阿波的鸣门》[④]，师傅在“捕捉”一场里主持十郎兵卫这个木偶的表演，玉次郎负责操纵这木偶的脚的动作。当时玉次郎无论怎么努力让十郎兵卫的脚摆出规定的程式，还是不能中师傅玉造的心意，只听师傅骂了声“笨蛋”，操起格斗用的真刀，猝然朝徒弟的后脑啪地砸了下去，被这刀留下的伤疤至今犹新呢。而这位砸了玉次郎的玉造也曾被他自己的师傅金四抡起木偶十郎兵卫砸破过脑袋，木偶被血染红了。玉造向师傅要来了那只砸飞

---

① 指竹本摄津大掾（1836—1917），越路太夫二世，有盛名。

② 指摄津大掾的门徒竹术越路太夫（1865—1924），1903 年继位。

③ 丰泽团平（1827—1898），操三味线的名家。

④ 指平松半二等人合作的净琉璃《倾城阿波鸣门》，藩士阿波十郎兵卫是主角之一。

了的血迹斑斑的木偶的腿，裹上丝绵，收在白木箱里，还不时取出来，像在母亲的灵牌前叩头似地礼拜一番。玉造常常哭着对人说："要是没有挨木偶的狠揍，说不定自己就以平庸的艺人而终此一生了。"

上代的大隅太夫在学艺时期里，一看就像条笨牛，遂有"阿呆"之称。但他的师傅倒是那位有名的丰泽团平，俗称"大团平"，是近代三味线的巨匠。有一年盛夏时节，在一个闷热的夜晚，这位大隅在师傅家学《树荫下的交战》① 中的《壬生村》，其中有一句词儿叫"放护身符的袋儿是遗物哪"，大隅怎么也念不好。他念了又念，反反复复念了许多次，仍旧得不到师傅的首肯。师傅团平放下蚊帐，在帐子里听，大隅却在蚊子的叮咬下，一百遍、二百遍、三百遍，无休止地反复着。夏夜易逝，这时天色开始发亮了。师傅呢，大概是累了吧，像是睡着似的，但始终没说"可以了"。而"阿呆"也真有特点，竟然拼命坚持着，一遍又一遍地不停地念。后来才听到团平在蚊帐里说："行了。"原来这位像是睡着似的

① 这是一出净琉璃，颇有名。《壬生村》是其中的第九段。

师傅一直在聚精会神地听着呢。

大凡这一类的轶事，真是不胜枚举，绝不限于净琉璃的太夫以及木偶戏演员，在生田流派别的筝以及三味线的传授上，也有同样的情况。而这方面的师傅多为盲人检校，脾气执拗的人也多，严厉苛待徒弟的现象看来不会没有。春琴的师傅春松检校的课徒法也是素以严厉著称的，这一点已如前述，其动辄开口大骂，并抡拳教训。由于这些师徒往往都是：为师者是个瞎子，为徒者也是个瞎子，所以徒弟挨骂受打时，每每渐向后退避，遂有抱着三味线从二楼亭子间的楼梯上滚落下去的事件发生。后来，春琴悬起“琴曲指南”的牌子课徒之后，就以授艺严酷闻名，其实，这仍然是承袭了其先师的旧法，是由来已久的传统，不过，春琴是在教佐助的时候起就开始采用这一套教法了，也就是说，这种办法早在春琴于幼年时期任女师傅的游戏时已经萌芽了，后来逐渐完整起来，变成了这副真面目。

有人说，男子做师傅，苛责徒弟的事可说不胜枚举，但是，一个女子对待徒弟竟然又打又骂——像春琴这样的例子，似乎不多见。看来，春琴大概有几分残虐的本性，她可能借口教艺，来享受一种变态的两性方面的欢乐。这一些猜测究竟是否符合事实，而今当然很难下结论，但是有一件事情是很清楚的——孩子在做“假烧饭”的游戏时，必定完全模仿大人的样子，春琴自己虽然受到检校的宠爱而皮肉未曾挨过棍棒，但是平时耳濡师傅的言行，幼小的心灵里懂得了为人师者就是那么干的，于是早在游戏的时候已经模仿起检校的言行，应该说这是很自然的现象，日积月累，也便成了一种习惯。

• • •

佐助大概是个爱哭的孩子。听说每次挨了“小姑”的责打，他总是得哭。这个人也真是没出息，竟会放声大哭。所以别人闻声后，便会蹙起眉头说：“小姑又开始责打了。”最初只是打算让春琴教了玩玩的大人们，至此也相当为难。每天晚上迟至夜深时分的古筝声和三味线声就够吵人了，如今加上春琴不时传来的大声叫骂，又夹着佐助的哭泣声，直到深更半夜还不绝于耳。于是女仆们觉得佐助很可怜，尤其感到这样下去对春琴是不利的。她们实在不忍再袖手旁观了，便冲进学艺的地方，力图制止地说：“呀，姑娘，这是何苦呢？不必有失身份去为一个毫无出息的孩子动真嘛。”然而春琴听后，神情肃然，正襟危坐，咄咄逼人地说道：“你们懂得什么！少管我的事！我得认认真真地教，这不是儿戏。正是替佐助着想，我才这么一丝不苟。不管怎么骂他，虐待他，学艺总是学艺嘛。你们不明白吗？”

《春琴传》记载此事，说春琴毅然决然地慷慨陈词曰：“尔等敢欺吾年少而犯艺道之尊严乎！吾纵然年少，既课徒授艺为人师，当有为师之道。吾授艺佐助，本非一时之儿戏。佐助生性酷爱乐曲，然身为商号学徒，无力就学于检校名师，遂埋头自学，可悯可怜。吾虽未成材，欲代而为师，竭力尽心使其如愿以偿。尔等怎能明晓此理？速速退出！”并记有：“闻者服其威严，惊其辩舌，尝屈身而退。”由此可以想见春琴那义正辞严的凌人气势。

佐助虽然遇事啼哭，但听了春琴的这一番话，也感慨万分了。佐助的哭泣，不光是学艺艰苦所致。这位主人兼师傅的少女如此激励自己向前的感激心情也使佐助的眼泪夺眶而出了。因此，碰到任何艰难困苦，佐助也不逃避。他一边流泪一边坚持着苦练，直到春琴说出“行了”的话来。春琴的情绪时好时坏，天天在变。劈头盖脑骂一通就算是不错的，她有时默默地蹙紧眉头，强而有力地把三味线的三根弦弹得嘣嘣响，或者命佐助一个人弹着三味线，她自己不置可否地静静听着。正是在这种时候，佐助最最想哭。

一天晚上，在练习《茶音头》的无唱部分的调子时，佐助领会不了，老是记不住，练了许多遍，还是弄错。春琴不耐烦了，便像平时那样，把三味线放下，一面用右手猛打着膝部，一面口诵三味线的曲子："喏！叽哩叽哩咖，叽哩叽哩咖，叽哩咖，叽哩咖，叽哩卡—叽台，嗒支嗒支咯。喏！咯咯嗒。"后来，默默地不表示任何意见了。

佐助无所措手足，却又不能就此而止。他脑子里在做着各种猜测，手里练习不止，但是老不见春琴表示首肯。于是佐助只觉得头脑发胀，弹得一遍不如一遍，身上冷汗直冒，便无力顾及什么调子，只是一味地乱弹。而春琴在一边寂然无言，把嘴闭得更紧，眉梢处深深地皱起，竟然纹丝不动。这副样子维持了两个多小时。直至母亲阿繁身穿睡衣走上来，温言劝慰道："用功也得有个限度，过了分的话，对身体是有害的呀。”遂把师徒俩分开了。

第二天，双亲把春琴叫到膝前，恳切地加以劝导，说：“你认真负责地教佐助，这当然很好，但是打骂徒弟，这可是属于人所公认的检校先生的事哪。你的水平再高，毕竟自己还在拜师学艺。眼下就模仿师傅的这种做法，准会留下自满的根子。在学艺方面，大凡有了自满情绪，便不会上进。再说你这么一个女流，竟然紧逼着男学徒，很难听地骂什么‘笨蛋’，听了实在不顺耳。这一点你必须自重哪。今后你得规定好授课的时间，不要弄到半夜里，因为佐助的哭声影响了大家睡觉，很不像话。”

父母亲从来不曾这么教训过春琴，所以春琴听了也无言以对，表示听从。但这也只是表面的现象，实际上并没有起到什么作用。春琴反而嫌佐助窝囊，表示出：“佐助也真是没出息，身为男子，连一些小地方都忍受不了。竟然会放声哭出来，人家还以为是什么大事，就来责怪我。若想在学习上突飞猛进，即使筋骨疼痛难熬，也得咬紧牙关忍受才行。这一点都做不到的话，我又何苦收他为徒呢！”后来，佐助碰到天大的困苦，也不再吭一声了。

• • •

鵙屋夫妇见女儿春琴双目失明之后，心地渐渐不善，而课徒授艺以来，作风也变粗暴了，思之颇为担忧。说实在话，姑娘有佐助为伴这事，是既有利也有弊的。佐助能替姑娘解忧，这是求之不得的好事。但是佐助凡事一味迁就，这就会渐次滋长姑娘的坏脾气，结果，很可能导致姑娘将来成为一个刚愎自用的人。这使老夫妇感到痛心疾首。

也许正是由于这个缘故吧，佐助在十八岁那年的冬天，听任主人的安排，拜在春松检校的门下学艺，也就是说，春琴不直接教他了。这大概是因为：在春琴的双亲看来，姑娘照搬师傅的那一套固然非常要不得，但是姑娘的品行每况愈下的话，就更不好了。于是，佐助的命运也在这时候决定了。从此，佐助完全摆脱了商店学徒的身份，成了名副其实的春琴的引路者，并作为同门弟子，同去检校家学艺。对此，佐助本人当然是求之不得的。安左卫门也竭力向佐助在家乡的父母陈说原委以求谅解，愿他们放弃命子经商的打算，说这里可负责佐助将来的生活，保证决不会弃之不管。由此可见，这位东家已把话讲到底了。安左卫门夫妇可能已有虑及春琴的将来而想招佐助为婿的意思，认为姑娘是个残废，颇难有门当户对的姻缘，而眼前的佐助，倒是觅之不得的现成良缘。应该说这种想法不是没有道理的。

在隔了一年，也就是在春琴十六岁、佐助二十岁的时候，老夫妇俩方始婉转地提出了这件婚事，但是完全出乎意料之外的事发生了——春琴毫不犹豫地拒绝了，她极为生气地表示：自己此生根本不想结婚，而像佐助这样的对象，更是想都不曾想过。然而，一件大大出乎意料之外的事发生了——一年之后，母亲感到春琴的身体有些异样。心想：难道真是……？母亲暗中留神观察，觉得确有异常，心想：待到十分显眼后，众仆人就会飞短流长、喋喋不休了，而眼下尚可有弥补之法。便瞒着春琴的父亲，私下去询问春琴。得到的回答却是：这是绝对不可能的。遂难以进一步询问下去，但心里总打着这个问号。这么过了一个月左右，事实真相终于掩盖不了啦。春琴这次很爽快，承认已有身孕。但是不论怎么盘问，她也不肯吐露男方的姓名。一定要她说的话，她就表示“已有约在先，互相替对方保密”。若问“是不是佐助”，就矢口否定；“我怎么会同这种学徒去风流呢?”店里的人都估计对方是佐助，但是春琴的双亲鉴于春琴去年的那一番话，倒认为未必如此，因为两人真有这等事情的话，无论如何躲不过众人的眼睛的，两个没有经验的少男少女再装得若无其事，也瞒不过人的。而佐助自与春琴同门学艺后，也没有以往那种同春琴对坐到夜阑的机会了。春琴除了有时以大弟子对待小师弟的样子指点佐助外，无时无处不以高人一等的富家姑娘自居，对待佐助，绝不超出对待一个引路人的标准。为此，店里的人本都不曾想过这两人之间会有什么别的瓜葛，而是一贯认为他俩的主仆关系严格过分，简直缺少人情味。若是盘问佐助，说估计男方准是检校门下的某一个弟子，而佐助会一口咬定“不知情”“不知道”，表示出他自己同这件事毫无干系，当然更无须多言会知道男方是谁。然而，这次被唤至女主人面前的佐助，神情不安，形迹蹊跷，令人更生疑窦，盘问之下，破绽百出。佐助说着“实在是因为一讲出来，小姑就要克我哪”，哭了起来。女主人说：“不，不。你庇护小姑，这当然很好，但是主人的话，你为什么不肯听呢?你这样隐瞒下去，反而对小姑无益。你务必要把男方的姓名讲出来。”任你磨破了嘴皮，佐助也不吐露真情。然而，最后还是可以体察到他的言外之意——这男方乃是他佐助本人。佐助表示：已同小姑约定决不讲出来，心里害怕背约，无可奉告了，务请谅察。

鸡屋夫妇见生米已煮成熟饭，心想，罢了，罢了，若男方就是佐助，倒也是好事，既然如此，去年欲促成这件婚事时，为什么要那样言不由衷呢？姑娘家的想法，也真叫人难以捉摸。忧愁之中倒也定心不少。于是想早日让他俩完婚，以免旁人说长道短，便再次对春琴提及这件婚事，春琴骤然变色，说道："又来提这件事了！我不要听这种话。我去年已经说过了，佐助这样的人，根本无须考虑。父母爱怜我，我不胜感激，但是我无论怎么不方便，也绝不会考虑嫁给一个仆人。要不，我也对不起肚里这个孩子的父亲哪。"但是问她"肚里这个孩子的父亲是谁"，便答道："这一点请勿再问，反正我不会嫁给佐助的。"这么看来，佐助的话又有些靠不住了。究竟谁的话可信呢？真叫人搞不清楚，但是冥思苦索之后，觉得男方恐怕非佐助莫属，也许眼下不好意思而故意表示反对，日后当会吐露真意的吧。于是不再向下追问，决定在临盆之前，让春琴先去有马温泉再说。

在春琴十七岁那年的五月里，她在两名女仆的陪同下去有马温泉疗养，佐助仍留在大阪。到了十月份，春琴在有马温泉顺利地产下一个男孩。孩子长得同佐助惟妙惟肖。事情总算有了端倪，然而，春琴不仅根本不要听完婚的事，还矢口否认“孩子的父亲就是佐助”。事出无奈，便让两人当面对质。春琴正颜厉色地说：“佐助，你怎么说了那么些令人生疑的话呢！这叫我怎么做人？你要明确地谈清楚，我不能蒙受不白之冤。”佐助见春琴这么定了调子，诚惶诚恐地说：“我无论如何也不会对我的少主人胡来的呀。我自当小学徒时候起，就一直蒙受少主人的大恩大德，我怎么会滋生出那种大逆不道的邪念呢？真是想都不曾想过。这是冤枉的呀。”佐助这次按照春琴定下的口径，彻底加以否认，事情搁浅了。于是主人说道：“不过，这婴儿很可爱，是不是？你既然如此顽固不化，我们也不能留下一个没有父亲的婴儿呀。你决意拒绝这件婚事，我们虽然不胜可怜这婴儿，也只好把婴儿抱走，送到别的地方去了。”春琴见对方用婴儿来要挟自己吐露真情，便以冷冷的神情答道：“那就悉听尊便，把婴儿抱走就是了。对我这个独身主义者来说，这婴儿只会束缚我的手脚。”

• • •

春琴生下的孩子便在这时由人抱走了。这婴儿生于弘化二年①，所以想必现在不会在世了，事实上也无从得悉婴儿当时的去处，反正是由春琴的双亲一手处置的。春琴就这样坚守着防线，终于使怀孕一事稀里胡涂地交待过去了，不知不觉间，她又神情自如地由佐助搀引着，去学艺了。而这个时候她同佐助是什么关系，几乎成了公开的秘密。要是让他俩把这种关系正式定下来，他俩都至死不承认。于是，深知女儿脾气的父母亲只得采取默许的态度。

他俩就处在这种既像主仆，又像同门的弟子，也像恋人的暧昧状态下，过了两三个春秋。接着，就在春琴二十七岁的时候，春松检校去世，春琴便借此机会宣告独立，挂起课徒的招牌。她离开双亲，在淀屋桥一带另立门户。佐助也同时跟随春琴走了。看来是因为春松检校生前已承认春琴的实际水平而同意她随时都可另立门户课徒的。检校从自己的名字里取出一个字，给她起了一个名字——春琴。在隆重的演

① 弘化二年是1845年。

奏场合，检校有时同春琴合奏，有时让春琴弹唱高音部分，屡屡抬举她。也许这就成了检校去世后，春琴自然能另立门户课徒的条件了。

不过，从春琴的年龄和境遇等情况来衡量，想不出她有什么必要这么猝然自立门户。这恐怕是虑及和佐助的关系一事吧。因为两人的关系已是公开的秘密，若是始终令这种关系处在暧昧的状态下，就会造成不利于控制众店员的局面，于是采用了这个由他俩另立门户同居的权宜之计，估计春琴本人也难以拒绝这样的安排。当然，佐助去淀屋桥之后，一切待遇照旧，始终是一个引路人。而检校去世后，佐助得以再次师事春琴。这时，他俩可以无所顾忌，一个称叫“师傅”，一个直唤“佐助”了。

春琴很不愿意使人感到她同佐助像一对夫妻，她严格地按照主仆之礼、师徒之别行事，对谈吐中的遣词等小节问题也绝不掉以轻心，规定好该怎么说，一旦偶有疏忽，尽管佐助低头致歉，春琴也不肯轻易原谅，一味地训斥佐助失礼。据说不知底细的新入门的徒弟见他俩如此相待，从来没怀疑过他俩另有什么关系。又据说，鵙屋家的店员们曾在背后议论："那么，这位小姑是以什么神情向佐助一诉爱慕的呢？真想去偷听一番。"

那么，春琴为什么要如此对待佐助呢？原来，大阪这地方至今在婚事问题上，依旧强调门第、财产和格调，比东京还厉害。由于这儿本就是以商人为重的地方，所以封建的世俗习惯是可想而知的。那么，旧式世家的小姐当然要保持矜持。而像春琴这样的姑娘怎么肯在世代作人家仆的佐助面前低头呢，这当然是无法想象的事。

再则，春琴可能有着盲人固有的乖僻心理，她不愿示弱，不愿受人嘲笑，这种任性好强的情绪在激烈地支配着她。可见，春琴很可能认为把佐助尊为丈夫，乃是对自身的一大侮辱，得对这些事情好好地斟酌斟酌。这也就是说，春琴耻于同身份低下的人在肉体上有所结合，这大概就从相反方面导致她疏远佐助了。那么，春琴这不等于是把佐助看作自己生理上的必需品啦？看来，这一些所作所为都是春琴有意识的行动。

• • •

《春琴传》曰："春琴起居有洁癖，不衣些微污垢之服，内衣之类，每日更换，命人洗濯。且朝夕使人勤扫居处，一丝不苟。每坐，必先以手指触摸座垫及地席，一一查验，纤尘不能容。尝有一门徒病胃，口中气味难闻而不自知，径至师傅前学艺。春琴照例当胸一划，三根弦铿然作响，遂放下三味线，双眉紧锁，一语不发。此徒不明所以，诚惶诚恐，叩问情由。及至再而三，则曰：吾纵失明，鼻嗅甚好，汝速去漱口。”

唯其是盲人，才有如此的洁癖吧。而这种人成了盲人，伺候者之苦，简直难以想象。所谓引路者，顾名思义，只须引路就行，然而，引路者竟然还得承担本非职责范围内的饮食起居、入浴如厕等日常琐事。不过，佐助自春琴幼年时起，已在担任这一些任务，熟谙春琴的习性，所以非佐助，也无人能使春琴中意。若谓佐助是春琴必不可少的对象，毋宁说正是指的这一点。

且说春琴在道修町住的时候，不能不对双亲和同胞手足有所顾忌，现在当了一家之主后，这洁癖和任性便变本加厉地压来，佐助要做的事情就日益烦多了。那个叫鸭泽照的老妪曾说过一段《春琴传》不载的情况：这位师傅上过厕所后，从来不用洗手，因为她每次上厕所，自己绝不动手，一切悉由佐助代理。洗澡时也是如此。据说身份高贵的妇人对于让人擦洗全身一事，是毫不在乎的，根本不感到有什么羞耻，而这位师傅对待佐助的态度，也同贵妇人没什么分别。这大概是她双目失明的关系吧。当然，也可能是因为幼年起已习惯如此，如今就不会产生任何兴奋的情绪了。

此外，她很讲究打扮，虽然双目失明以来没能再照镜子，但对自身的姿色之美，抱有不寻常的自信。她在衣着和发式的谐调等方面，花了不少精力，这同眼睛好好的平常人没有什么不一样。看来，记忆力很好的春琴始终没有忘记自己九岁时的相貌。还有，她一直听到人们夸奖和恭维她，所以心里十分清楚自己的姿色是不同凡响的。于是，春琴在打扮自身上，可谓不辞辛劳。她平时喂养着黄莺，常常取黄莺的粪，拌入糠粉后备用。她很珍爱丝瓜的汁水。要是脸部和手脚上的肌肤不滑润，她就满心不乐。皮肤粗糙乃是她的大忌。大凡使用弦乐器的人，出于拨丝按弦的需要，极重视左手手指甲生长的情形，每三天就得剪一次，还须用挫刀挫过。除了左手，右手和脚也都得剪过。说是剪指甲，其实那指甲不过长了一毫米两毫米，看起来根本不觉得有什么异样，但她总要命人剪得齐齐整整，不容走样。剪过后，她用手一一摸着检查一遍，绝不许有丝毫的失常。事实上，这一切事情是由佐助一个人包掉了。佐助在伺候完这些事之后，才有暇学艺。有的时候，他还得代师傅指导那些学业落后的门徒。

• • •

所谓肉体关系，本是多种多样的。比如说佐助，他对春琴的肉体，纤毫悉知，无所不达，结下了一般夫妇和恋爱对象根本无法企及的密切因缘。这与后来佐助瞎了双眼后还能不离身地伺候春琴而无大过，是不无关系的。

佐助一生不曾娶妻妾，从当学徒开始至八十三岁去世止，除了春琴之外，他没同任何女性交往，遂也没有资格把春琴同其他女性相比而作一番品评。但是晚年鳏居之后，他经常赞不绝口地向周围的人夸示：春琴的皮肤细润无比，四肢柔媚灵巧。这也是佐助暮年时期唯一唠叨个没完的内容。

他时常伸开手掌，说“师傅的小脚简直可以此掌承之”，还抚着自己的脸颊说：“师傅脚跟上的肌肉也比我这儿的皮肤来得滑润柔软呢。”前面已经谈到过，春琴生来娇小。她穿着衣服时显得很苗条，而赤身裸体时，身上的肌肉竟是出人意料之外的丰满，肤色白得惊人，肌肤永远散发着青春的光泽。听说春琴平素喜啖鱼类和禽类，尤其酷爱鲷鱼做的菜，在当时的女子中，可算是一个惊人的讲究饮食的人了。此外，还喜欢喝点儿酒，晚饭无一合酒不能过。也许这些同她的身体状况是不无关系的。（盲人进食时大凡显得很低贱，使人感到一种可怜相，更何况是一位时值妙龄的漂亮的盲女郎！春琴是否明白这一点，不得而知，但她不愿让佐助之外的任何人看见自己进食时的形态。遇到应邀赴宴等场合，她只是在形式上动动筷子，所以显得仪态雍容，但实际上在饮食时，她是颇有点穷相的。当然，她吃得并不是很多，浅浅的两小碗饭。菜肴的品种不少，但她每种菜无非下一次筷，这就使伺候者颇费精力，造成很多的麻烦。她简直是以给佐助增添麻烦为目的似的。佐助在蒸鲷鱼的剔骨剥肉方面，在剥取蟹粉虾仁方面，都极在行；处理香鱼时，他能在保证整条鱼毫不走样的前提下，从尾部将鱼骨剔得一根不剩。）

春琴的青丝又多又密，像真丝一样轻柔。双手纤巧，手腕灵活善曲，也许是经常拨弦的道理吧，指尖甚有力，若挨她一记耳光，痛不可言。她动辄头脑发热发晕，身上却又常常发凉，虽逢盛暑，肌肤无汗，两足冰冷，一年四季把镶嵌着丝棉滚条的厚纺绸或绉绸窄袖便服，作为睡衣穿在身上，她睡下时，一任衣裾长垂，两足完全被衣裾所掩，因此睡态没有些微的凌乱之感。由于顾忌到头脑发晕，便尽可能不使用暖炉和汤婆子。一旦感到太冷，佐助便把春琴的双脚抱在怀里，用体温焐之，不过，脚很不易焐暖。往往脚未暖而佐助的胸口却发凉了。为使入浴时屋里不至于雾气弥漫，冬天也得打开窗子，洗澡时每次在温水里浸泡一两分钟，如此反复多次。如果浸泡时间过长，她立即会心动过速，被热气熏得发晕，所以务必要在尽可能短的时间里暖一下身子，立即抓紧时机擦洗。

对于这些情况知道得越详细，就越能体察佐助在伺候上的辛劳。更有甚者，佐助在物质上的好处真是微乎其微，所谓工钱，无非是平时的那些赏钱而已，有时还不够买烟抽。佐助穿的衣服，也无非是过年过节时主人照例要发给的那些衣着。佐助代师傅课徒，却得不到相应的承认。众徒弟和女仆遵嘱直唤他的姓名“佐助”。陪春琴出门课徒时，佐助得在正门前守候。

有一次，佐助的蛀牙发作，痛得右颊奇肿，到了夜晚，苦痛不堪。佐助竭力忍受着，不露声色，时而偷偷地去漱一漱口腔，一面留神不要被春琴察觉，一面照旧在一旁伺候。不一会儿，春琴上床就寝，命佐助摩肩揉腰。佐助悉依她的要求作起按摩来。过了一会儿，春琴说道：“行了。现在替我暖脚吧。”佐助恭敬如命地横躺在春琴的衣裾旁，掀开怀，把她的脚贴在自己的胸膛上，胸口顿时冷得像触到了冰，脸部却因被窝里的暖气所熏，反而热得上火，牙齿遂痛得剧烈起来。佐助眼看不能自制，便以发肿的脸颊代替胸膛，贴在春琴的脚底上，这才勉强忍受住了。

这时，只见春琴突然万分讨厌地狠踢佐助的脸颊，佐助不禁大叫一声，跳了起来。这时春琴说道：“行了，不用你煨了，我让你用胸膛煨，没叫你用脸煨哪。不论是不是瞎子，谁的脚板底也不长眼睛。你为什么要干欺骗人的勾当呢！你大概是牙齿痛吧，这从你白天的表现就大致估计得出来，而且，你的右脸颊与左颊的温度既不一样，高度也不相同，我的脚底都能清清楚楚地感觉到呢！若是如此苦痛，就该老老实实地讲出来，我这个人并不是不知怜恤用人的人。但是你一味标榜自己忠心耿耿，却把主人的身体作为冰镇牙齿的工具，你真是狗胆包天！人面兽心！”春琴对待佐助的态度，由此可见一斑。春琴尤其不能容忍佐助态度可亲地对待年轻的女徒弟或指导她们学艺。偶有觉得可疑的迹象时，春琴并不使内心的妒忌形诸于色，只是变本加厉地虐待佐助。这也是佐助最苦不堪言的时候。

● ● ●

按理说，一个女瞎子，又是独身一人，生活再奢侈，总是有限的。纵然随心所欲地讲究衣着和饮食，所费也是可以想象得出来的。但是春琴却在家中雇用了五六个仆人伺候她这么一个主人，每月的生活开支也令人刮目而视。若谓她何以要如此挥霍和如此雇人，首当其冲的问题就是她酷爱养鸟，尤其偏爱黄莺。

现今，一只鸣声优美的黄莺要价值一万圆之巨。虽说当时是另一个时代，但是事情的性质是大同小异的吧。当然，现在和从前可能在欣赏鸣啭声或玩赏方式上有一些相异的地方，且先以现在为例来说吧，有所谓能发出“咯啾，咯啾，咯啾咯啾”的越谷鸣声，有所谓能发出“唿——嘁——哔咯呱”的高腔鸣声。如果黄莺除了能发出“嚯——嚯喀咕”这种固有的鸣声外，还能作上述两种鸣声的，身价就不凡了。丛林中的莺一般不鸣，偶有所鸣，也不会作“唿——嘁——哔咯呱”的鸣法，只知“嚯——气——啤喳”地鸣叫，不能悦耳。而欲使莺儿发出“哔咯呱、哔咯呱”这种拖有金属性音质的余韵不绝的美妙鸣声，就得用某种人为的力量去培训出来。这就是，要在幼莺尚未长出尾羽之前，将其从丛林中活捉回来，使其同别的“黄莺师傅”生活在一起，学着鸣叫。如果尾羽已长好，由于听熟了自己双亲的那种污浊的鸣声，便无法加以矫正了。那“黄莺师傅”原先也是用这种人为的办法培养出来的。名贵的品种都有各自的名号，比如“凤凰”啦，“千年之友”啦，所以得悉何地何人有什么什么名种后，养莺者为了自己的莺儿，会不辞路远地寻访到这名种黄莺，恳请主人准予让幼莺学鸣叫。这种学鸣叫的做法，称之谓“去偷声”，一般是清晨出门，得连学好几天。有时候也可让“黄莺师傅”出差到一指定地点，让众学叫的幼莺集聚在其周围，呈现出一派犹如老师上唱歌课似的景象。当然，每只黄莺的品质、音质均有优劣、美丑之分，同为越谷鸣声或高腔鸣声，旋律有美与不美的区别，余韵有长也有短，可谓千变万化，所以获得一只良种莺，真是谈何容易！一旦获得，便可挣取“课徒”的学费，可见价高惊人也是情理之中的事。

春琴给家中喂养的一只最名贵的品种取名为“天鼓”，朝夕听其鸣叫，乐此不疲。“天鼓”的鸣声确实美听，那高腔鸣声中的“呱”音，激越而有余韵，不啻是发自巧匠以神工鬼斧制成的乐器，实难相信是鸟的鸣声。何况这鸣声很长，中气既足，又有回味。因之这“天鼓”被视作掌上明珠，喂的食饵之类，真可谓是精心调理。制作普通的磨碎莺饵，是把大豆和糙米炒后压成粉末状，掺入糠，制成白粉，再取备用的、由鲫鱼或鳜鱼干碾碎而成的鱼粉，以一半对一半的比例，混在一起，滴入萝卜叶子榨出来的汁水，混合而成。真是烦琐至极点。此外，为使鸣声悦耳，还得去捕捉一种栖居在蘡薁的藤蔓里的昆虫，每天给黄莺喂一两只。要人如此花精力照料的鸟儿，竟养了五六只，所以有一两个仆人老是要为着鸟儿的事转。再则，这黄莺不会在人们的注视之下鸣啭的，所以得把鸟笼放在一种叫做“饲桶”的桐木箱里，缜密地嵌上纸窗，让光线由纸窗透过，若暗若明。这饲桶的纸窗窗框是用紫檀、黑檀之类的材料做的，或雕有精巧的图案，或镶着蝶贝、绘着泥金画，可谓各具匠心。其中也有古董之类的精品，在今日也得值一百圆、两百圆乃至五百圆这样高的价钱，已属屡见不鲜。“天鼓”的那只饲桶乃是来自中国的精致名品，镶嵌着的骨架子是紫檀木的，中间是琅玕和翡翠质地的板片，且雕有精细的山水、楼阁。确实高雅得很。

春琴每每把这只桐木箱放置在自己卧室里的窗际，入神地听鸟鸣啭。“天鼓”那美听的歌喉一开，她就高兴了。因此，仆人们老是加水、泼水，让“天鼓”鸣啭。“天鼓”总是在天气晴朗时鸣得最欢，因此在天气不好的时候，春琴也变得阴沉悒郁了。“天鼓”鸣啭得最频繁的时节，是冬末至春末。进入夏季后，渐次减少鸣叫的次数。而春琴悒郁寡欢的时候，也就渐次增多了。这黄莺，只要喂养得法，寿命颇长，但是伺候上要谨慎小心，如一任没有经验的人喂养，旋即就会死掉的。一旦死了黄莺，就得另买一只。春琴家里的第一代天鼓是活了八年而死掉的，接着，有好一阵子没能得到可目为第二代的名鸟，过了几年，总算培养出一只不比上代逊色的黄莺，遂再次名为天鼓，爱赏不已。

"这第二代的天鼓，鸣声也神妙莫测，不亚于迦陵频迦①。春琴将鸟箱置在座右，朝夕不离，钟爱异常。每每命众徒弟聆听此鸟的鸣声，然后训谕道：'汝等且听天鼓之鸣！其原系无名之雏鸟，唯自幼苦练，功告垂成，鸣声之美，与野生之莺迥然不同。人或有言：如斯者，属人工雕琢之美，非天然之美耳，比之幽谷寻春、山径探花时忽闻隔溪之烟霞深处传来数声野生的莺啼声，风雅不及矣。而吾不以为然，彼野生之莺，唯得时与地之利，方能获鸣声雅致之名，若论其声，不可为美。反之，若闻天鼓之类的名鸟啁啾，虽足不出户，犹有置身于幽闲深邃之山峡的风趣：小溪流声潺湲，山巅樱树朦胧，悉数在心际耳中再现，鸣声里有花有霞，可令人忘却正身处红尘中的喧嚣都市。是乃以其技

① 佛经上的一种想象出来的鸟，鸣声美妙，人首鸟身。

巧去同天然之美较量高低耳。举凡音曲之真谛，也与此同然。’又尝羞辱愚不开窍的门徒，每每训斥道：‘一小禽尚能明了技艺内在之理，汝不及鸟类，枉为人耳。’”确实，春琴这一番话是言之有理的，但是动辄用莺来喻人，这大概是包括佐助在内的众门徒都受不了的吧。

• • •

其次，春琴还爱百灵鸟。百灵鸟生性爱冲天飞去，关在鸟笼里，也总爱在笼顶飞舞，所以这笼子也就做成细高个儿的形状，可达三尺、四尺、五尺。但是，真要欣赏百灵鸟的鸣声时，得把鸟儿放出鸟笼，让鸟儿在空中飞，听者就在地上倾听百灵鸟一面往云层里钻一面鸣叫的声音，直到望不见鸟儿的身影。这也就是说，要会欣赏鸟儿的破云本领。

一般说来，百灵鸟在空中停留一段时间后，会再飞回自己的笼子。停留的时间，大概是十分钟至二三十分钟。停留得越长，就越名贵。所以碰到百灵鸟竞赛大会时，让众鸟笼列成一排，只见笼门一开，百灵鸟一齐飞向空中，最后飞回笼内的为胜利者。劣等的百灵鸟回笼时，有时会误入别的鸟笼，有时甚至落到距笼一两百米远的地方。而一般的百灵鸟是能认清自己的鸟笼的。因为百灵鸟是垂直飞向空中的，在空中的某一个地方留一阵子后，再竖直降落下来。可见它自然会飞回原笼中。

所谓“破云”，并不是说百灵鸟会穿破云层、横向飞去。看上去百灵鸟在破云而去，这其实是云层拂过百灵鸟而飘去造成的。在春和日丽的时候，住在淀屋桥一带的春琴的邻居们能屡屡看到这位盲人女师傅出现在晾台上，让百灵鸟飞上天空，而她的身旁，除了常在左右伺候的佐助外，还跟着一个照管鸟笼的女仆。女师傅一声令下，女仆立即打开笼门，百灵鸟快活得一面啾啾鸣叫着一面升向高空，身影隐没在云霞中了。女师傅仰起瞎了双眼的脸庞，随着鸟影转，一心一意地听着旋即由云层间落下来的鸣叫声，这时候，一些有此同好的人，也会各自拿着引以为荣的百灵鸟，兴致盎然地跑来比赛一番。

逢到这种场合，邻近人家的人们也就登上自己家中的晾台，得到聆听百灵鸟鸣叫的机会了。其中有些家伙，与其说是去听百灵鸟的鸣声，倒不如说是想去看看漂亮的女师傅。按理说，这个地区里的青年人一年到头能见到女师傅，也该看熟了。但是世上总会有这么一些爱猎奇的流氓，他们一听到百灵鸟的鸣叫声，就迫不及待地赶紧上屋顶去，认为又可以一睹女师傅的风采了。他们之所以如此骚动，恐怕是被盲人那种特别的魅力和力量所吸引，从而激起了他们的好奇心。平时，春琴在佐助的引领下外出授课时，总是默不作声，神情沮丧，但在放飞百灵鸟的时候，春琴是满面春风，一副又说又笑的样子，也许这就使她显得楚楚动人了吧。除此之外，春琴处还喂养着日本驹雀、鹦鹉、绣眼鸟、鵐鸟等，有时，喂养的各种鸟儿，竟有五六只之多，这笔费用是颇可观的。

• • •

春琴是个在家称王称霸的人，一迈出家门，竟表现得那么温柔可亲，简直叫人感到意外。逢到应邀作客等场合，她的举止和谈吐至为安详，风韵不凡，看上去，实在难以想象她在家中竟是个虐待佐助、打骂门徒的人。还有，春琴在应酬上，爱精心打扮，讲究派头，碰到喜事、丧事、过年过节等场合，春琴便以鵙屋家小姐的身份出面赠物送礼，气派惊人，她在给男女仆人、女招待、轿夫和车夫等人的赏钱时，也是大刀阔斧，数目颇可观。

但是，能不能因此而认为她就是个挥霍无度的胡涂人呢？看来断非如此。笔者尝在一篇题为《大阪及大阪人之我见》的文章中，谈到过大阪人的俭朴生活——东京人的铺张、挥霍是表里一致的，但是大阪人不同，尽管看上去阔气无比，却少不了在不易为人察觉的地方紧缩开销，杜绝浪费。

春琴也是大阪人，出生于道修町的商人家，在这些方面似乎不应该不受影响。她会有极爱奢侈的一面，同时也会有极其吝啬和贪婪的一面。竞奢斗荣，这原是她生性好强的表现，因此，凡是不属于这一目的的，就不会去无端地挥霍，所谓“不枉费钱财”吧。她绝不随心所欲地挥金如土，而是虑及用途、看准目的地用钱。在这一点上可说是悉依理性行事的。这也就使她的好强本性在某些场合反而表现为贪婪了。比如收取门徒的学费或学艺钱，她身为女流，本该同一般的课徒师傅取得平衡，她却自命身价不凡，坚决要收取与第一流检校师傅同等的费用。这倒也不去说它了，她竟然还要对门徒在中元节或年底敬赠的礼品说三道四，能多得一点点也是好的。她话中有话，向门徒暗示这层意思，执拗之极。

彼时，曾有一盲人门徒，常因家穷而每月迟交学费，逢到中元节，他无力置办礼品，遂买了一盒白仙羹表表心意，请佐助代为说情，央求道："我家穷贫，务请多加怜察，亟望能在师傅面前婉陈苦衷，多加包涵为幸。"佐助也觉其甚可怜，遂惶恐不安地做了传达。春琴听了佐助的陈述，俄然变色，说道："吾若计较这区区学费及礼品，也许会被人訾议为贪婪。其实不该这么看问题。吾本不在乎那几个钱，只是不定下大体的规矩，师徒间的礼仪便形同虚设。此子每个月的学费都要拖欠，而今又以一盒白仙羹充数，作为中元节的礼品，可谓无礼之至。斥其有侮师长，彼又尚复何言？家境如此贫穷，虽勉为其难，学业上也难以有所长进。当然，根据具体情况，不是不能免费课徒，但这是对那种前程有望、万人为之怜惜的英才而言。大凡能战胜贫苦、有望成为出类拔萃的名人者，生来就不同凡响。光凭热诚和耐心是成不了事的。此子唯一的长处就是恬不知耻，学业上已无可指望，却来这番'我家贫穷，请多加怜察'云云，真是不知天高地厚！与其如此硬找人麻烦、丢脸丢丑，不如易辙改行，彻底死了搞这一行的心为好。要是仍不愿断念，大阪有不少能师巧匠，彼自可去那里寻师。自今日始，请不必来此地学艺了。”

春琴表示拒绝后，无论对方如何谢罪，绝不动摇，最后真的断绝了师徒关系。反之，有送重礼者来，则素以严峻课徒出名的春琴，当天定对其笑脸不断，说出些言不由衷的表扬话来，使听者颇感恶心，众门徒提起师傅的表扬，就会不寒而栗。

为此，凡有礼物送到，春琴都要亲自一一验过，加以检点，若有点心盒子，她就要打开来调查清楚。每个月的收支情况，也由春琴命佐助当面用算盘结算得清清楚楚。春琴精于数字计算，心算又快又好，凡是什么数字，听过一次就不大会忘。什么米店的账目是多少，酒店的账目是多少，连两三个月前的账目都记得一清二楚。

春琴在挥霍钱财上，也是极端利己的，一旦挥霍掉一笔钱财，一定要在别的什么地方补回来。结果，往往就在众仆人头上刮回来。在家中，就她一个人过着达官贵人那样的生活，自佐助以下，所有的仆人都被迫过着极度节俭，以至近于寒酸相的日子。对于每天的米饭的消耗量，她也要论多论少，所以众仆人连饭都吃不饱。大家在背后埋怨道："师傅尝谓：黄莺和百灵鸟也比你们这些人忠义呢！看来鸟儿对师傅忠义，当是合情合理的事，因为相比之下，师傅对待鸟儿远远胜过对待我们呀。"

• • •

春琴的父亲安左卫门在世时，鵙屋家每月都按春琴的要求，如数汇寄生活补贴费，但是父亲去世后，春琴的兄长承接家业，从此，不能悉依她的要求办事了。在今天这个时代，无所事事的贵妇人随意挥霍钱财的事，可谓熟视无睹了。但是在从前那个时候，公子哥儿也不能如此哪。生活富裕的人家，都像旧式世家那样，在衣食住方面力戒奢侈，怕受僭上非分之谤，耻于被人列为暴发户之类。而春琴之所以能得到奢侈生活的特权，无非是双亲很可怜这个别无乐趣的瞎子女儿。但是兄长做了家长后，对春琴的种种非难出现了，每个月的补贴费有了限制，超出这个限度，概不理睬。

看来春琴的吝啬与这一情况大有关系。不过，靠这些生活补贴费应付日常的生活，还是绰绰有余的，因此春琴对课徒的收入当然不太注重，她对门徒的态度就必然气势汹汹了。事实上，来叩拜春琴为师的人，屈指可数，寥若晨星。所以春琴才有玩赏小鸟之类的闲情逸致。不过，春琴在生田流的筝和三味线的造诣上，当时确为大阪数一数二的名手，这倒不是她在夜郎自大，而是持论公允者无不首肯的。纵然是极度看不惯春琴那种傲慢腔调的人，心中也暗自嫉妒春琴在技艺上的造诣，或自知莫敌而不胜畏惧。

笔者认识一位老艺人，此人年轻时屡次欣赏过春琴弹奏三味线。当然，此人属于净琉璃一派的三味线艺人，风格显然是不一样的，但他说过这样的话："近年来，在地方歌谣派的三味线演奏中，没有听到过像春琴抚弦时发出的那种微妙的音律。"团平年轻时也听过春琴的演奏，他喟然叹道："惜哉是人！若生为须眉，弹起低音三味线①来，将会大名鼎鼎呢。"团平的意思是：低音三味线系三味线艺术的最高表现形式，而且非须眉男子就不能究其奥妙。团平是偶有怜惜春琴身怀头等天赋却生为女子呢，还是有感于春琴弹奏的三味线音乐具有男性的特点呢？上面提到过的那个老艺人曾

① 一种粗杆三味线。

经说过这样的话："背地里听春琴弹奏三味线，会感到音调嘹亮，仿佛是男子在弹奏。那音色也不单是美，而是富于变化，时有深沉哀婉的韵味，实在是女子中罕见的高手。"

要是春琴懂得应该为人圆滑一点、谦逊一点，她的名声一定昭彰人口。但是春琴自小养尊处优，不知家庭生计的不易，平时恣意任性，使人们敬而远之，才华出众反而导致她树敌过多而十分孤立，结果埋没了自己。虽说这是咎由自取，但毕竟太不幸了。可见拜倒在春琴门下学艺的人，似乎早就服膺春琴的实力，认定非春琴不足为师，便为了学业，甘愿前来承受近于苛求的鞭策，也已做好充分的思想准备，一切打骂都在所不辞。然而，很少有人能够长期忍受下去，大部分的人都半途而别了。本来只是为了爱好这一行而来学艺的人，一个月都坚持不了。因为春琴的课徒法已超出了鞭策的范畴，往往演变成用心不良的体罚，简直带有嗜虐成性的色彩了。看来，这其中颇有些自以为是名人的意识在作怪吧。换句话来说，就是：社会既然承认这样的做法可行，门徒们也是做好了思想准备来的，那么春琴更加认为，越是按这样的办法干就越像大名人，于是渐次得意忘形，遂发展到无法加以自制的地步了。

• • •

那位鸭泽照是这么说的：“来学艺的门徒可谓少矣。其中尚有人是慕名师傅的姿色而来学艺的。那些不打算靠这门技艺吃饭的人，多是为此目的来的。”

既然春琴是一个未婚、漂亮的富家小姐，出现这种情况实不足为奇。据说春琴之苛待门徒，也是一种击溃半带戏弄性质的不怀好意者的手段。想不到这反而使她成了红人，真令人啼笑皆非。要是大胆怀疑一下，也许在那些想借此手艺吃饭而认认真真前来求师的门徒中，会有人觉得受美丽的盲人女师傅鞭笞确有一种不可名状的快感，他们感到这比学艺本身更富有吸引力。这种现象，恐怕不会绝对没有吧。其中会有一些人是让·雅克·卢梭①吧。

接下来，该谈一谈降至春琴身上的第二个灾难了，不过《春琴传》中对此有意地有所回避，遂无法明确指出造成这

---

① 让·雅克·卢梭（1712—1778），法国十八世纪著名的启蒙思想家、教育家、文学家。据说他曾从自己不幸而没有爱的少年时代的环境中，品味被虐待的意趣。

灾难的原因以及凶手是谁，这是不胜遗憾的。看来，鉴于上面说到的种种情况，极有可能是因此而招致门徒中的某人怀恨在心，便施以报复了。

首先值得怀疑的，是土佐堀的杂粮商店——“美浓屋”——老板九兵卫的儿子利太郎。这位少爷是个出名的浪荡子弟，一贯在冶游场荒唐而沾沾自喜。也不知怎么一来，竟至春琴门下学起筝和三味线了。这家伙仰仗老子的地位，不论到哪儿，以大少爷自居，作威作福，骄横成性。他把同门学艺的师兄弟视作自家店里的大大小小的雇员，大有不屑一顾的样子。为此，春琴心中真是异常的不乐。但是他家送的礼十分丰厚，于是可谓立竿见影，春琴不能拒之门外，还得认真对待，好生应付。然而，他竟四处扬言什么：“连师傅也得让我三分。”他尤其蔑视佐助，讨厌佐助来代师傅上课，表示“非得由师傅亲自授课才行”。他的这种言行愈来愈激烈，致使春琴也大为恼火。

其时，他的父亲九兵卫为颐养天年而在天下茶屋町①选

① 在大阪市西成区。相传丰臣秀吉在此地的茶屋休息过，遂以此名为町名。

了一处幽静的地方，盖起一所以葛草为顶的房子，以备他日安度晚年，庭园里还栽下了十几株古梅。某年二月，主人在此院落设下赏梅酒宴，春琴也应邀出席。总司其事的是少爷利太郎，另有一些帮闲艺人前来捧场。不言而喻，春琴是在佐助的陪同下前往参加的。

是日，包括利太郎在内，众捧场者频频向佐助斟酒，这使佐助无所措手足了。因为佐助近来虽能在晚饭时陪师傅喝几口，酒量毕竟不济，而且外出时不得师傅许可，佐助是滴酒不能进的，一旦醉了的话，他身负引路人的重任，就可能因疏忽而出毛病。于是，佐助只好装模作样地喝，力图蒙混过去。然而利太郎比较警觉，看破了佐助的做法，便瓮声瓮气地出来纠缠了："师傅，师傅得点头表个态哪。佐助不敢喝呢。今天不是饮酒赏梅吗？就让他自由一天吧，万一佐助支持不住，这里尚有两三个人愿意给师傅当引路人呢。"春琴便苦笑笑，颇有分寸地答道："好吧，好吧，稍微喝一点儿就是了。别把他灌醉哪。"众人立即喊着："好啦，师傅同意了。"便你一杯、我一杯地向佐助敬酒。佐助却严加自制，十分酒中有七分倒掉在洗杯子的器皿里。据说，是日在座的众帮闲、众艺者得以亲眼目睹这位久闻大名的女师傅的风采，都深叹名不虚传，无不被这半老徐娘的艳丽和气韵所打动，交口赞叹。

当然，众人说的这些恭维话也许是有着看透利太郎的用意而投其所好的因素在内，但是时届三十七岁的春琴确实要显得年轻十岁，肤色白皙无比。看看她的粉颈等处，颇觉寒气袭人，令人战栗。她把手背滋润光滑的小手轻轻地放在膝上，微微俯首低眉，那瞎了两眼的脸部雍容艳丽，举座为之瞩目，令人神驰。接下来还有一个可笑的场面——大家到庭园里去玩赏的时候，只见佐助引导着春琴在梅花丛中徐徐而行，来到每一株古梅前，便停下来，说道："喏，这里又是一株梅树。"并把着春琴的手，让她摩挲树干。一般说来，盲人都是以触觉来感受物体的存在的，否则就不能领会，因此欣赏花木的时候也是这么办的，这已成了一种习惯。看到春琴的纤手在古梅的虬干上不断来回摩挲的样子，有一个帮闲怪声怪气地嚷道："啊，梅树真令人羡煞！"另有一个帮闲迎面挡住春琴的去路，怪模怪样地摆出梅花那疏影横斜的姿态，喊道："我就是梅树呀！"周围的人见状，异口同声地为之解颐。这些言行本是一种亲热的表示，大有赞美春琴的意思，并不是在侮辱春琴。但是春琴不习惯这种冶游场里的戏谑，心中颇不愉快。因为春琴一贯要求得到同明眼人平等的地位，她反对歧视盲人，所以听了这种开玩笑的话，真是恼火到了极点。

不久，夜幕降临，主人家换了一个房间重开酒宴，这时少爷来对佐助说："佐助，你一定很累了。师傅就交给我来照料吧。那边已备好了酒席，你去喝一盅吧。"佐助心想，不如在被人强行灌酒之前，先把肚子填一填。于是听候吩咐，退至别的房里，先去吃晚饭了。当佐助表示"我要吃饭啦"之后，只见一个老妓手持酒壶跑来，纠缠得没完没了，反反复复地要佐助："来，再喝一杯。来，再喝一杯。"于是，时间在不知不觉中过去了。佐助吃完了饭，又过了好一会儿，仍不见有人来呼唤，便就地等候着。

这时，客厅里好像有些异常，只听得春琴在嚷嚷："请你把佐助叫来。"而少爷却在竭力加以阻止，说道："你要解手，我可以陪你去。"说着，像是在拉春琴往廊庑上去。大概是少爷要握春琴的手吧，只听春琴在竭力甩掉少爷的手，喊道："不，不，你还是替我把佐助叫来。"她站着不肯迈步。这时候佐助赶到了，一看对方脸上的神色，心里已大致明白是怎么回事了。但是想到这么一来，终于可导致少爷不再登门，倒是求之不得的好事。

不料第二天，这位厚颜无耻的少爷还是若无其事地跑来学艺了，看来这个粉脸被奚落后，还不肯就此罢休吧。于是春琴一改往日的态度，说道："既然如此，我就认认真真地教，为了学得真本事，你能忍耐就忍耐忍耐吧。"便施行严厉的课徒法。这么一来，利太郎难于应付了，每天汗流浃背，练得气喘吁吁。利太郎本认为自己是掌握了这门技艺的，因此受人捧场时，还能对付得过去。但是眼下被东挑鼻子西挑眼，就漏洞百出了，于是得受师傅毫不留情的辱骂。利太郎本是借口学艺、伺机荒唐的懒汉，当然无法忍受下去，便渐渐耍起手腕来，不论师傅怎么卖力地教，他故意有气无力地弹得不像个样子，致使春琴骂着："笨蛋！"抡起拨子打过去，利太郎的眉宇间顿时裂了一条口子，只听他大叫一声："哎哟，痛哪！"但随即擦着由额部一滴滴向下淌的鲜血，留下一句"你等着瞧吧"，愤然离座而去，从此消失得无影无踪了。

● ● ●

一说加害于春琴者，可能是住在北新地[1]一带的某少女的父亲。此少女来日要干艺妓这个行当的，所以做好了严格受训学艺的准备，决心忍受学艺的艰难困苦，来拜春琴为师。但是，有一天被春琴用拨子打破了头，便哭着逃回家去了。由于伤痕位于发际，少女的父亲愤懑异常，比少女本人还要恼火，遂表示抗议。看来他不是少女的养父，而是少女的亲生父亲吧。只听他说道："虽说是为了学本事，这孩子毕竟还是个未成年的小姑娘，如此苛责也太过分了。眼下在一个少女最要紧的部分——脸蛋上留下了伤疤，这是不能就此完事的，你说该怎么办吧！"这种偏激的措辞也就触犯了春琴生性不买账的脾气。只见春琴反唇相讥地说道："我这里向来以管教严格闻名。你既然如此计较，何必到这儿来学艺呢？"这位父亲听后也不服气，说道："打骂当然是无可厚非的，但是双目失明的人这么干，实在很危险，说不定会

① 即曾根崎新地，在大阪火车站附近，系冶游区，很热闹。

闯下什么大祸的呀。瞎子得有自知之明，这才能令人敬服。”看上去，真有要动手的样子，于是佐助从中斡旋，总算就此收场，回家了。据说春琴的脸色铁青，浑身发抖，没有再说出什么话来，但是她始终没有表示过致歉的意思，而这位少女的父亲也为女儿的相貌遭到损害进行了报复——使春琴在容貌上付出了相应的代价。

不过话得说回来，所谓发际有伤痕，无非是在额前、耳后的什么地方留下了一些痕迹而已，这位父亲怎么对此耿耿于怀，进行了使人一生破相的严厉报复呢？即使说这是父亲爱女之心过切而忘乎所以，但这种报复毕竟太偏激了。首先一条，对方是个瞎子，即使容貌受损而变丑，瞎子本人并不会感到遭受了严重的打击，再说，报复的对象就在春琴一个人身上的话，似乎该有其他更痛快的办法。看来，春琴的这个报复者，其意图应不光是要让春琴痛苦痛苦，还要使佐助尝尝胜过春琴本人感受的悲痛，这样一来，当然又可促使春琴为之痛苦不堪了。

这么仔细想想，似乎可以认为：与其怀疑报复者是那位少女的父亲，还不如怀疑利太郎更合乎逻辑，不是吗？利太郎欲同春琴勾搭，究竟热望到何种程度？这是个未知数。不过，青年人大凡迷恋徐娘半老的风韵而不太看重年轻的女子。这个利太郎可能在四处荒唐过之后，觉得这也不行，那也不好，最后被瞎子美女春琴迷住了吧。起初，利太郎无非是一时有所好而见诸于行动，但是遭到了不客气的回击，而且眉宇间都被划破，因此以牙还牙，采取了十分恶劣的报复手段。这种可能性还是存在的。

然而春琴的怨敌可谓多不胜数，这就不能排斥：会不会有别的什么人、为了别的什么原因而对春琴怀恨在心呢？看来，也不能笼统地断定是利太郎所为，而且，也未必就是什么桃色事件。据说，围绕着钱的问题而遭到与上述那个穷人家的盲人子弟同样可悲结局的例子，何止一两个人。

另外，有一些人即使不像利太郎这么厚颜无耻，但心里是妒忌着佐助的。佐助是一个地位特殊的引路人，天长日久，众门徒无不看得清清楚楚，因此有意于春琴者，便暗自羡慕佐助有福气，有时也会对佐助勤恳忠实地伺候着春琴，怀有反感。若佐助是春琴的合法的丈夫，或者，至少是享受着情夫待遇的话，那就没什么可说的。但佐助表面上始终是个引路人、伺候者，从按摩到洗澡时的擦背，都要干，凡是春琴身边的各种事情，都由佐助包掉了。看到他那副忠心耿耿的样子，知道内幕者恐怕是要觉得恶心了。有些人嘲讽地说道："当这样的引路人，即使有点儿辛苦，我也会干哪。有什么可赞许的！"于是，人们迁怒于佐助，心想："要是春琴的美丽容貌一旦变得丑怪不堪，佐助这家伙会有什么神情出现呢？难道还会将春琴奉如神明似的尽心予以照料吗？这倒是值得一看的好戏哪。"因此，也不能完全否定这其中有着声东击西的战略思想——打春琴、痛佐助。

总而言之，众说纷纭，实难断谳。不过，这儿倒有另一种从完全意想不到的地方冒出来的颇有说服力的猜测——"迫害春琴的人，恐怕不是春琴的门徒，而是春琴的艺敌——某检校或某女师傅。"虽说持这一论点者并无什么有力的论据，但这一说法很可能是最独具只眼者的观点。因为春琴平时为人傲慢，在技艺上总以无人可与匹敌自居，加之社会上也有认可这一点的倾向，这就伤害了同行业中的师傅们的自尊心，有时还会形成一种使他们感到威胁的气氛。检校这个称号，是由京都颁赐给盲人男子的一种光荣职称，准予有与众不同的衣着和车马，其他待遇也同一般艺人不一样。当社会上纷纷流传这些艺人的本事不及春琴高强时，可能是因为生为瞎子，报复性特别强烈吧，就不惜用阴险的手段，想方设法葬送春琴的本领和名声。虽说从前常听说艺人出于妒忌而使对方吃水银的事例，但是春琴既会唱又会弹，声乐和器乐都很好，因此只有破她的脸相，利用她爱虚荣和自恃漂亮的弱点，使她不能再公开露面。如果凶手不是某检校而真是某女师傅的话，可见春琴自恃漂亮这一点也惹下了怨恨，使对方产生一种毁其容貌而去是不胜快乐的想法。

若将这种种疑点综合起来分析一下，可以得出这样一个结论——春琴早晚得遭人暗算，这是不可避免的趋势。春琴是在不知不觉中向各处播下了祸根。

• • •

从那次在天下茶屋町举行的赏梅宴算起，大约是一个半月之后吧，时值三月底。是日丑时后半时刻，即第二天凌晨三点钟左右，发生了一件事。《春琴传》上是这么记载的：“佐助为春琴之呻吟所惊醒，由邻室直奔春琴卧房，慌忙点灯，发现有人曾撬开套窗，潜入过春琴卧房，看来听到佐助的响动后，已逃之夭夭，未及窃取一物。视之四周，已无踪影。此盗惊慌之际，顺手抡起铁壶，向春琴头部砸去，壶中开水飞溢而出，洒于春琴之丰嫩脸颊，洁白无比之容貌不幸留有一处灼伤之痕。虽说无非是白璧微瑕，昔日之花颜玉容依然，但此后其甚感脸带此痕羞于见人，遂常以绉绸头巾罩面，终日蛰居室内，不复见人，虽至亲、门人，亦难窥视其貌，以致臆测纷纭，种种传闻不胫而走。”

《春琴传》又曰：“盖伤痕轻微，几乎无损于天赐之美容。春琴之所以避而不见他人，实乃洁癖所致，区区微伤，竟会感到羞辱如斯，此可谓盲人之多疑多虑耳。”进而又有言：“然则因缘确非寻常，自此过了数十天之后，佐助也患了眼疾，系白内障，两眼顿时不能辨物。待佐助知悉眼前朦胧而物形渐次不清时，立即踩着盲人特有之步子，来到春琴面前，欣喜若狂，喊道：‘噫，师傅！佐助双目失明矣，此生可不见师傅灼伤之容也。吾目之盲，得其所时哉。此诚为天意耳。’春琴听后，怃然良久。”

佐助一往情深，不忍披露其真相。然则此《传》中前后所言，当是故意有所隐讳，这是毋须置疑的。《传》中言及佐助偶然之间得了白内障，此事也令人费解。又，春琴纵然有无上的洁癖，纵然有盲人的多虑多疑，若灼伤之程度无损于她天生的美丽容貌，她何以要用头巾罩脸，何以要不复见人呢！事实上，春琴的花颜玉容已发生了惨不忍睹的变化。

据鸭泽照老妪及其他两三个人说，那盗贼预先潜入厨房，生火将水烧开后，手提开水壶闯进卧室，把壶嘴在春琴的脸部上方倾倒过来，开水便对准着脸儿浇下。这是来人的真正目的，本非一般的盗贼，也不是慌张不堪时顺手干下的。当夜，春琴完全不省人事，及至次日清晨才恢复知觉。然而烫得溃烂不堪的皮肤是经过了两个多月的时间才收燥的。可见灼伤得相当厉害。对于春琴的脸相发生了可怕的变化一事，后来竟冒出了种种奇怪的流言。甚至不能把“春琴头发剥落，左半个脑袋完全秃了”这种毫无根据的臆测，作为纯粹的谣传加以排斥。

佐助就此双目失明，当然什么也看不见了。但《传》中所谓的“虽至亲、门人，亦难窥视其貌”又是怎么回事呢？要绝对不让他人窥见，恐怕是难以做到的吧。别的不谈，像鸭泽照老妪就不会不看到的。不过鸭泽照老妪尊重佐助的意思，绝不把春琴脸上的真相告诉他人。我也曾试着探问过一次，老妪不肯详谈，答道："佐助始终认定其师傅美貌过人，我当然也是这么认为的啰。"

• • •

佐助在春琴死了十多年之后，曾向周围的人讲起过自己双目失明的来龙去脉。据此，当时的详情才得以披露——在春琴遭到歹徒袭击的那天晚上，佐助同往常一样，睡在春琴闺房的隔壁。当佐助听到响动声而睁开眼来，发现长明灯已灭，黑暗中有呻吟声。佐助一惊，跃身起来，先去点灯，然后提着灯向铺设在屏风后面的春琴床边走去。朦胧的灯影映在金色底子的屏风上。佐助在灯影模糊的光线里，把屋子巡视一遍，没有任何凌乱的形迹，只是枕边丢着一把铁壶。春琴好好地仰卧在被子里，但不知为什么，竟呻吟个不停。佐助起初以为春琴在做噩梦，便走向枕边，喊着："师傅，你怎么啦。师傅……"他正要去推醒春琴时，不禁喊了声："啊呀！"随即掩住自己的双眼。春琴也就气喘吁吁地说道："佐助，佐助，我被弄得不像人样了吧，别看我的脸哪。"她痛苦地扭动着身子，拼命挥动着双手，想要把脸部遮盖住。佐助见状，说道："师傅放心，我没看你的脸，我的眼一直这样闭着呢。"便把提灯挪走了。春琴听佐助这么说后，大概一阵轻松吧，又昏过去了。她神志迷糊，不停地说着胡话："今后也永远别让人看到我的脸，这件事一定要保密呀。"佐助慰藉着说："哪有这么严重？你宽心吧。伤处长好后，你会恢复原样的。"春琴听后，说道："这样严重的烫伤，脸部怎么会不变样呢？你的这种安慰话儿，我听都不想听。最重要的一点，就是别看我的脸哪。"

随着神志的渐渐恢复，春琴更是没完没了地强调这一点。除了医生之外，她甚至不肯在佐助面前显示出自己的伤势，每逢换药和换绷带时，就把众人逐出病室。所以，春琴被烫伤的面容，佐助只是在出事的晚上赶到枕边的那一瞬间里看到过一眼，但这一眼也是在佐助不堪正视而猝然背过脸的情况下看的，因此，在灯光摇曳的阴影里，春琴留给佐助的印象不过是一种与人类无涉的奇怪的幻影而已。此后，佐助看到的只是春琴从绷带间露出来的鼻孔和嘴巴。因为佐助之怕看春琴，就如同春琴之怕被人看见一样。他每次走近病床，就竭力闭上眼，或把视线移到别的地方，所以春琴的面貌在出现什么变化，佐助实际上并不知道，而且他主动丢弃知道的机会。

然而，在调养奏效，伤势一天好似一天而将近痊愈时，有一天，病房里只有佐助一个人在伺候，春琴像是很苦闷似的，突然问道："佐助，你看到过我的脸了吧。"佐助答道："没有，没有，师傅说过不准看，我怎敢违背师傅的吩咐呢！"春琴便说道："不久，我的伤一好，就得除去绷带。医生也用不着再来了。这样的话，别的人嘛，当然无须赘言，但是在你佐助面前，我不得不露脸了。"大概连傲气十足的春琴也感到沮丧了吧，竟然流泪了。只见她用手按住绷带，不断地擦着双眼。佐助也觉黯然，无话可对，唯有一起呜咽。接着，佐助像是有了什么主意似的，说道："行了，我一定不看师傅的脸，请放心好了。"

几天之后，春琴已经能下床了，可见伤势基本痊愈，随时都可以拆去绷带了。就在这个时候，一天清晨，佐助偷偷地到女仆的屋里拿取了女仆用的镜子和缝衣针，端端正正地在床铺上坐好，对着镜子把针插向自己的眼睛。佐助之所以这样做，并不是掌握了用针一刺眼睛就会看不见的常识，他无非是想试试可否用尽可能简便、痛苦又小的办法来变成盲人。他试着用针插入左眼的眼珠，但是要刺中眼珠，好像很不容易。而眼白部分较硬，针刺不进。眼珠毕竟软些，他轻轻刺了两三下，才咯吱一声响，刺进了两分光景，眼珠旋即一片白浊，他觉得失去了视力，既没有出血、发烧，也没有感到什么痛苦。这是因为水晶体组织遭到破坏，便成了外伤性的白内障。佐助又以同样的办法刺中了右眼珠，顿时双眼都瞎了。当然，听说刚刺瞎后的那几天，还能蒙蒙眬眬地看到物体的形象，但是过了十天光景，就完全看不见了。

没过多久，春琴不再卧床了。佐助便摸索着走进里间，叩拜在春琴面前说："师傅，我成了盲人了。一辈子不会看到师傅的脸了。"春琴只问了一句："佐助，这是真的吗？"便陷入长时间的沉思。这几分钟的沉默，乃是佐助这一辈子绝无仅有的愉快时刻。据说从前那个恶七兵卫景清①者，有

---

① 这是指平景清。此人生卒年不详，是平家时代的一个勇士，因弑其伯父而有恶七兵卫之称。其成为盲人的故事，谣曲及净琉璃中都有记载。

感于赖朝①之不同凡响，遂放弃复仇之念，誓不再见其人而自行剜却双眼。佐助的动机虽与之不同，若论其志之悲壮，可谓异曲同工。然而春琴难道真盼望佐助如此吗？日前她流着泪所说的话，难道真有“既然我已遭此灾难，希望你也成为盲人吧”的含义吗？这当然是很难贸然下结论的事。不过佐助听到春琴说的那一句短短的话——“佐助，这是真的吗”时，觉得她高兴得发抖了。而且在相对无语的那一段时间里，只有盲人才有的第六感觉使佐助明白：春琴当时唯有感谢的意思而没有任何其他的想法。

佐助能自然而然地领会春琴肚里的意思。佐助觉得，迄今为止，他俩虽然有着肉体关系，但是师徒关系一直使他俩不能心心相印，而今才真的合二而一，汇到一起来了。佐助想起了少年时期在壁橱中的黑暗世界里练习三味线的事，但是彼时的心境同现在是不可同日而语的。盲人大多只具有光的方向感，因此盲人的视野是朦胧有光的，而不是一片漆黑。佐助明白：自己今日虽然失去了观察外部世界的眼睛，

---

① 指源赖朝（1147—1199），镰仓幕府第一代将军，建有武功。

却也同时睁开了审视内在世界的眼睛。“呜呼！这才真正是师傅居住着的世界呀！我总算能同师傅居住在同一个世界里了。”

佐助的视力已经不济了，他看不见屋子里的情况，也看不见春琴的样子，但是，唯有那被绷带裹住的春琴的脸样，还朦胧不清地映现在他的视网膜上。佐助觉得那些不是绷带，而是师傅两个月之前的那张洁白的脸，她完好而美妙，仿佛接引尊人①的佛像似的，浮现在微晕的光圈中。

• • •

春琴问：“佐助，痛吧？”

佐助把瞎掉了的眼睛朝着能感觉到有春琴脸庞存在的发出浅白色光晕的方向，答道：“不，我没有感到痛。同师傅的大难相比，这一点儿事算得了什么呢？那天晚上，歹徒潜入房来，使师傅遭此大难，我却一无所知地睡着了。这实在是我的疏忽造成的。师傅命我每晚睡在隔壁，原是要我注意警戒，不料铸成了这样的大祸，使师傅蒙受苦难，我自己

① 这是平安时代中期开始出现的佛像。在这张佛画上画着阿弥陀佛领着众菩萨由极乐净土下来迎接世人。

却安然无事。想及这一点，实在难以安下心来，唯希望得到惩罚。我朝夕向神灵叩拜，祷告着：‘务请也赐给我灾难吧。如此下去，我实在无地自容哪。’我有幸能感动上苍，遂了却了心中的夙愿。今天早晨起床，发现两眼就这么瞎了。这一定是上苍同情我的志向，使我如愿以偿的吧。师傅啊师傅，我已不能看到师傅受难后的面容了。而今我所见到的，只有师傅三十年来根植在我眼底深处的可亲的面容。请师傅像从前那样，放心地留我在左右伺候吧。唯猝然失明，可恨举止不能如意，伺候上会有欠敏捷，但是，师傅至少得把日常生活上的琐事交给我来伺候呀。”

春琴便说：“你为我而下了如此大的决心，我感到十分欣慰。我不知得罪了谁而遭此灾难，若剖心而言，我宁愿让别人看到我现在的这副丑样，也唯独不能让你看到。你真是深知我心哪。”

佐助答腔道：“哦，太感谢了。师傅的这一席话真叫我高兴非凡，其珍贵之处，远胜过我失去两眼的代价。歹徒本企图让师傅和我生活在悲苦、不幸之中，便让师傅吃这样的苦头。我虽不知此歹徒是何处来的，也不知其姓甚名谁，不过，此人若是想让师傅破相来为难我，我就不看嘛。只要我成了瞎子，师傅的这一灾难不就等于不曾有过啦？蓄意布下的奸计也就化成泡影，歹徒的阴谋一定无从得逞了。说真的，我不但没有什么不幸可言，反而觉得幸福极了。我想到那个卑劣的歹徒帮了个倒忙，给我先钻了空子，心里痛快极了。”

春琴赶紧说：“佐助，别再往下说了。”这两个盲人师徒相抱而泣了。

• • •

对他俩因祸得福后的生活情况了解得最为详尽的尚健在者，就是鸭泽照老妪了。老妪今年七十一岁，她作为家内门徒投身春琴的家中时，乃是在明治七年，老妪是年十二岁，她向佐助学丝竹之艺，兼在两盲人之间做一些搭桥的工作，是一种不同于引路人的联系者。因为一个是猝然之间成了瞎子的，另一个虽是自幼双目失明，却过惯了奢侈的生活，衣来伸手，饭来张口，实为一切不用自己动手的人。因此，必须有一个专事伺候工作的第三者才行，便决定雇用一位能尽量无拘无束在一起生活的少女。鸭泽照被录用后，办事诚笃，深得两位盲人的信任，便被长久留用，据说春琴去世后，就照料佐助，直至佐助在明治二十三年获得检校的职位，她还在左右伺候。鸭泽照在明治七年进春琴家中时，春琴已有四十六岁，也就是说，自遭歹徒暗算后算起，已度过了九个春秋，春琴也可称得上是个老妇人了。春琴对她说："由于某种原因，我不能露面，而且不准别人看我的脸。"春琴身着凸纹薄绸料子的圆领罩衣，坐在厚厚的座垫上，头上裹着一条黄褐色的绉绸披巾，只有鼻子露了出来。披巾的边缘部分垂至眼睑，脸颊和嘴都被遮住了。

佐助刺瞎双眼时，是四十一岁，这种将进入暮年时期的双目失明，该有多么不便哪！然而，他总是恰到好处地抚慰着春琴，努力使春琴不感到丝毫的不方便。旁人看了都不禁为之鼻酸。春琴也感到别人的伺候不能满意，说道；"我日常生活上的琐事，不是眼睛好好的人能照料好的，由于长年以来已养成了习惯，唯有佐助最为了解。"所以，包括衣着、沐浴、按摩、如厕，还是偏劳佐助。而鸭泽照的任务，与其说是伺候春琴，倒不如说主要是在做佐助的助手，她简直没有直接碰过春琴的身体。只有伺候吃饭一事，少了鸭泽照是毫无办法的。除此以外，无非是拿拿、递递要用的东西，间接地协助佐助伺候春琴。例如沐浴前陪他俩行至洗澡间的门口，然后退下。等到有击掌声传来，再去接应，一踏进洗澡间，只见春琴已经洗过澡，穿着浴衣，披着头巾。而在方才那一段时间里，是由佐助一个人把事情包掉了。一个盲人究竟是怎么替另一个盲人洗澡的呢？大概同春琴用手指摩挲那苍虬的梅树树干差不多吧。这样做，不胜费事姑且不谈，而事事都如此办理，岂不麻烦极了！别人总觉得"啊，这样能行吗"，但他俩犹如沉浸在这种费事的享乐中似的，不言不语地品味着纤细入微的爱情。

看来，盲人男女相爱而沉浸在触觉世界的那种欢乐，远非常人所能想象的。佐助为了伺候春琴，不惜献身。春琴也怡然欣然地接受这种伺候，相互之间乐此不疲，所以没什么可令人惊讶的。

此外，佐助还在照料春琴的余暇里，抓紧时间，教众男女门徒学艺。当时，春琴过着闭门不出的日子，她给佐助起了个别号——琴台，由佐助一手承接众门徒的学艺事宜。春琴的那块"琴曲指南"的招牌上原书有鵙屋春琴这个姓名，而今在此姓名旁添了一行小字——温井琴台。佐助的忠义和温顺早已不胫而走，深得周围人们的同情，所以前来学艺的门徒很多，反而比春琴课徒的时期更为兴隆。滑稽的是：佐助在课徒的时候，春琴却独自在内室听莺啭听得入了神。不过，她常会在这种时候碰到非佐助就无法处理的事，于是大声喊叫“佐助，佐助”，也不管课业是不是处于关键的时刻。佐助听到叫唤，便丢下一切，立刻赶回内室。这样佐助就不好离开春琴的左右，不能外出课徒，只好在家中教授门徒。这里应该说明一下，其时，春琴在道修町的老家鸥屋店铺，已渐渐衰败，每月该送来的津贴费，也时常脱期。如果家境没有这等变化，佐助何苦要去课徒授艺呢！他犹如只身在外的鸟儿，只好抓紧空隙时间飞到春琴身边去一下，佐助是身在课徒，心不在焉，他大概无法定神吧。而春琴呢，看来也陷在这样的苦恼中了。

• • •

佐助接过了师傅的工作，勉为其难地维持着一家的生计，但是两人为什么不正式结婚呢？难道春琴的自尊心至今仍使她一口拒绝吗？鸥泽照老妪曾亲耳听佐助这样说过：春琴方面已经气馁，倒是佐助看到春琴如此状态，心里不胜悲哀，他不能把春琴作为一个可悯、可怜的女子来对待。佐助毕竟是双目失明的人，他看不见现实世界，而已进入了万劫不变的主观境界，存在于他眼底的世界，全是对过去的回忆。如若春琴因遭灾而变了性格，那她就不再是春琴了。佐助的脑海里如不能始终留存着一个傲慢不驯的昔日的春琴，现在印在他眼底的、春琴那美貌的形象就要被破坏掉。可见佐助比春琴更不愿结婚。对佐助来说，现实中的春琴乃是唤起他心目中的春琴的一种媒介，所以他得提防别让自己同春琴处于平等的地位，他不仅要严守主仆之礼，还要使自己比从前更为卑下地竭尽伺候之职，至少该让春琴早日忘却不幸而恢复昔日的自信，为之，他不辞辛劳。

佐助现在一如从前，甘于微薄的薪金，乐于像其他男仆一样，粗衣粗食地过着日子，还把全部收入供春琴使用。此外，为了节省经费，仆人减少了，还必须处处注意节约，但是，凡可以使春琴得到慰藉的项目，一件也不能减去，所以佐助失明之后，要比从前付出成倍的辛劳。据鸭泽照说：当时，众门徒看到佐助的形相太寒伧，不胜同情，有人便婉转地劝他稍许弄得像样一些，但佐助只当作耳边风。还有，他不准众门徒称他“师傅”，要他们改叫“佐助君”。这让大家十分为难，便想方设法，尽可能不称呼他。唯有鸭泽照一人，因为伺候事宜，无法避免不称呼，遂总是称春琴为“师傅”，称佐助为“佐助君”。而春琴去世后，佐助之所以会把鸭泽照作为唯一可攀谈的人，经常与之接触，从而得以沉浸在对春琴的缅怀之中，也是因为这个原因。

后来，佐助荣获检校的称号，成了一个可坦然接受任何人以“师傅”和“琴台先生”相称的人，但他仍喜欢鸭泽照称他“佐助君”，不准她用敬称来称呼他。他曾对鸭泽照说过这样的话：“世人恐怕都以眼睛失明为不幸。而我自瞎了双眼以来，不但毫无这样的感受，反而感到这世界犹如极乐净土，唯觉得这种除了师傅同我就没有旁人的生活，完全如同坐在莲花座上一样。因为我双目失明后，看到了许许多多我没瞎之前所看不到的东西。师傅的容貌能如此美，能如此深深地铭刻在我的心头，也是在我成了瞎子之后的事呀。还有，师傅的手是那么娇嫩，肌肤是那么润滑，嗓音是那么优美，也都是我瞎了之后方始真正有所认识的。为什么在我未瞎之前就没有这种感受呢？我觉得很奇怪。尤其是在双目失明之后，我才领略到师傅弹奏的三味线，音色竟是那么美妙。往常总是把‘师傅是这方面的天才’挂在口头，这时候才明白了这话的分量。看看自己那半生不熟的技艺，相比之下，我真要惊叹相差实在太远了。我从前怎么会没有发觉这一点呢？真是罪该万死。我明白自己是多么愚蠢啊。所以说，即使上苍让我双目复明，我也要一口拒绝的。只有在师傅和我都双目失明后，我才领略到了眼睛未瞎者所不能体味的幸福。”

佐助的这番话并没有跳出他的主观性，所以有多少成分是符合客观情况的呢？这尚是一个疑问。但是别的事姑且不去说它，春琴在技艺上的造诣，大概真是因为这一灾难而获得了明显的进步了。春琴纵然在音曲方面有不凡的天赋，如若没尝过人生的悲苦，她要领悟这艺术上的真谛又是谈何容易！她一贯养尊处优，对别人求全责备，自己根本没尝过辛劳和屈辱的滋味。对于她的不可一世的作风，谁也不会去碰一碰。但是上苍把非凡的苦痛降到她的头上，使她在生死的悬崖边徘徊，击溃了她赖以夜郎自大的基础。可见，从各种意义上来说，使她破相的这一灾难乃是一种良药。它让她在爱情上、在艺术上，都进入了不曾梦见过的三昧之境。鸣泽照经常听到春琴为排遣时光而独自抚弦，也看到佐助静心低首，仿佛出了神似的在一旁倾听的样子。而众门徒听到内室飘逸出来的精妙无比的弦音，无不感到惊讶，窃窃私语着："那三味线中，也许安置了什么秘密装置吧？"在这一时期里，春琴不光在弹奏方面炉火纯青，还致力于作曲。夜里，她悄悄地拨弄着这个音、那个音，在试着谱曲。鸣泽照能够记得的，有《春莺啭》和《雪花》两支曲子。前几天，这位老妪曾弹给我听过，曲子很有独创性。由此可以窥见春琴颇有作曲家的天赋。

• • •

春琴从明治十九年六月上旬开始患病，而在患病的前几天，她曾同佐助一起下至中庭，打开玩赏用的百灵鸟的鸟笼，使百灵鸟飞向空中。鸣泽照一眼看去，只见这两位盲人师徒正手拉着手，仰脸向着天空，听百灵鸟的鸣啭声自又高又远的空中落下来。百灵鸟不停地鸣啭着，同时直往高空的云里钻，过了许久许久，也不飞降下来。由于时间过分长了，师徒两人都担心起来，等了一个多小时，百灵鸟最后没有飞回笼里来。此后，春琴便怏怏不乐，不多久，两脚得了病，到秋后，病越发严重，遂在十月十四日因心脏麻痹而去世。

除百灵鸟外，家中养着第三代的天鼓。春琴死后这只天鼓还在。但是佐助一直悲痛缠身，每次听到天鼓的鸣啭声，就要流泪。他一有空就在佛前焚香，有时弹古筝，有时弹三味线，都是在弹《春莺啭》。此曲以“缗蛮黄鸟，止于丘隅”① 为起句。它是春琴的代表作品，所以大概倾注了春琴的全部心血吧，曲词虽短，却有极复杂多变的间奏。春琴是听着天鼓的鸣啭声，构思出这支曲子的。间奏的旋律是从所谓“莺泪解冻”② 的深山积雪开始融化的初春季节开始的，然后把人引入各种各样的景色里——水位升高，溪流潺潺；松籁有声；东风驾临；山野烟霞迷茫；梅香扑鼻；樱花如雪。曲子在隐隐约约地诉说啼鸟由此谷飞往彼谷、由此枝飞

① 此语本出自《诗经》。缗蛮指鸟鸣声。《诗经》中原作“绵蛮”。
② 这是《古今和歌集》卷一中的一首春歌中的一句，描写冬去春来的景象。

往彼枝的心声。

春琴生前一弹奏此曲，那天鼓也会欢欣地放声高鸣，要与弦音比个上下。也许天鼓听到此曲，就思及故乡的溪谷，就恋及寥廓天地间的阳光了吧。而佐助弹着《春莺啭》时，他的心神会飞到什么地方去了呢？他已习惯以触觉世界为媒介来注视主观世界里的春琴。难道他是在以听觉来弥补这方面的不足吗？一个人只要不失去记忆，是能够在梦里会见故人的。但是像佐助这种在对方活着时也只好去梦里相会的情况，恐怕很难指出他的死别的界线究竟在哪里吧。

顺便说一下，除了前面提到过的那个婴孩之外，春琴同佐助还养了两子一女。女儿是出生后就死了。两个儿子都是在婴儿时期就由河内的农家抱去了。春琴去世后，佐助并不思念这两个孩子，也不打算去领回来。孩子也不愿回到瞎了双眼的亲生父亲的身边去。于是，佐助到了晚年，是既无小辈也无妻妾。他是在众门徒的看护下，以八十三岁的高龄去世的。这天是明治四十年十月十四日，恰好也是光誉春琴惠照禅定尼的祥月忌辰。

看来，他在二十一年的鳏居生活里，已经造就出一个与活着时的春琴迥然不同的春琴的形象，而且这形象是日益清晰地印在他的脑海里了。据说天龙寺的峨山和尚[1]知悉佐助自行刺瞎双眼的事后，对佐助这种能在转瞬之间分清内外而使丑的转化成美的禅机，激赏不已，赞道："是庶几可谓达人之为。"未知诸读者君子，尚能首肯乎？

① 桥本峨山（1852—1900），临济宗的和尚，京都人，名昌祯，明治三十二年主持天龙寺。有《峨山禅师言行录》问世。